「メイド教育だッ!!」
「このなんちゃってメイドが！
いるみたいなッ！」
「虫にも劣る駄メイドが
あたしらより遅く起きるなんて
許せないしッ！」
クロの戦記11
異世界転移した僕が最強なのは
ベッドの上だけのようです
JN034969

「効率的に仕事をしましょう」
「ガキじゃねーんだからちったぁ我慢しろよ」
アリッサ
メイド長。セシリーたちの教育係を務める。
ヴェルナ
元は帝都でスリをしていた少女。クロノを頼って働くことにした結果、今回セシリーと一緒にメイド教育を受けることに。

「そんなこと分かってま――きゃッ！」
セシリー
ハマル子爵家の令嬢で元は近衛騎士だったが、
ほぼ人質としてクロノの下に。
嫌々ながらも家のためにと
メイドとして働くことになるが……。

「今夜は恋人のように扱って頂きたく」
マイラはくすっと笑い、スカートを摘まんだ。ゆっくりと持ち上げ、口でスカートを咥える。

# クロの戦記11

## 異世界転移した僕が最強なのは
## ベッドの上だけのようです

サイトウアユム

HJ文庫
1067

口絵・本文イラスト　むつみまさと

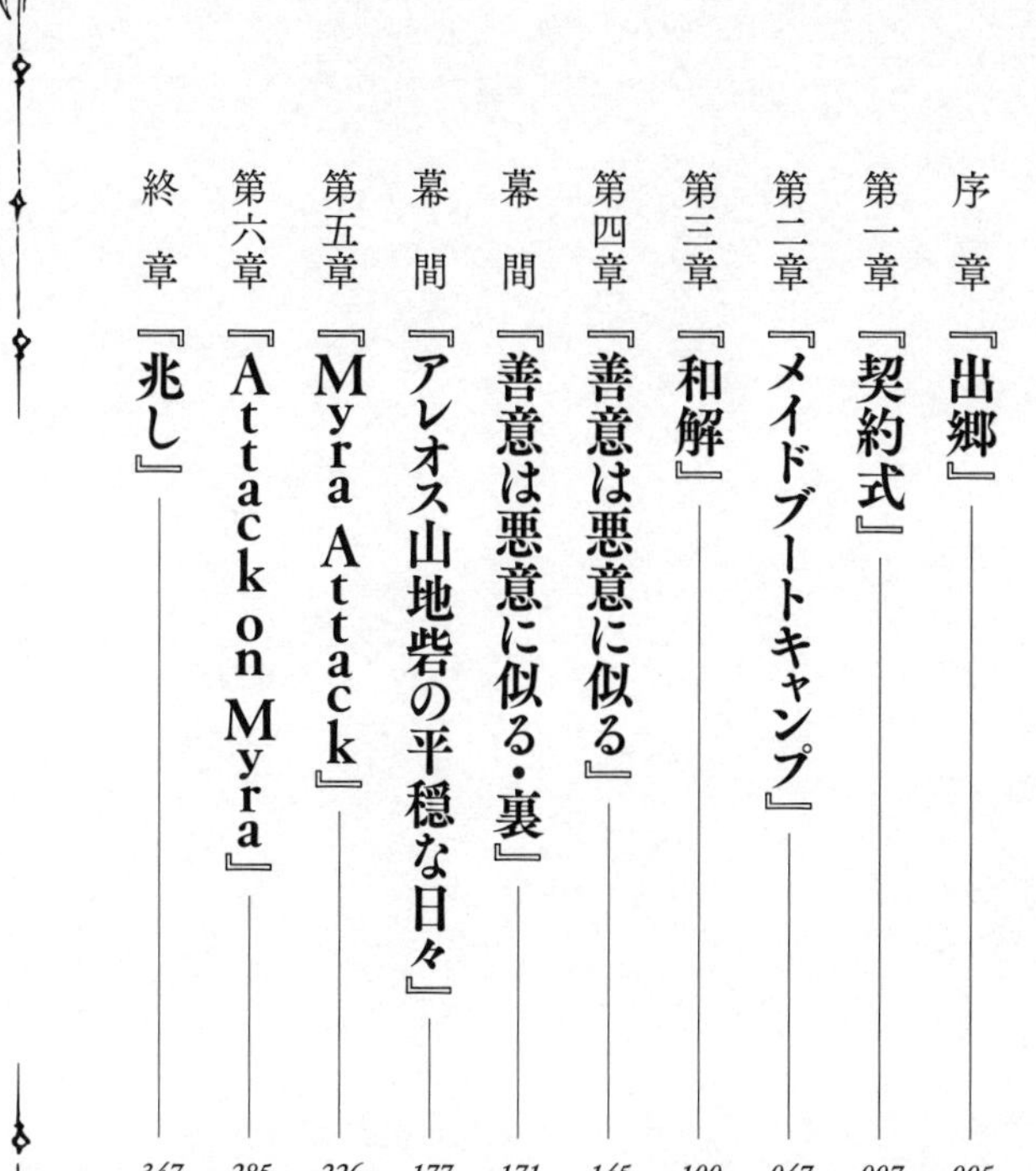



Record of Kurono's War
isekaiteni sita boku ga saikyou nanoha
bed no uedake no youdesu

# 序章『出郷』

帝国暦四三一年十一月中旬 朝――セシリーは箱馬車の座席から外の景色を眺めた。

窓の外には荒涼とした大地が広がっている。ひどく殺風景だが、領境はこんなものだ。

領境に来ている。そのことを意識した途端、暗澹たる気分が湧き上がってくる。

深い溜息を吐く。すると――。

「溜息なんて吐いて、どうしたんだい？」

「何でもありませんわ」

隣にいた兄が声を掛けてきた。だが、セシリーは窓の外に視線を向けたまま答える。

「そうかい？　エラキス侯爵のもとに行くことにまだ納得していないと思ったんだが……」

「分かっているのならわざわざ口にしないで下さいまし」

「一体、エラキス侯爵の何処が不満なんだい？」

「新貴族であることが問題なのですわ！　しかも、傭兵の息子だなんて……」

兄に向き直って叫ぶ。だが、兄はきょとんとしている。

「それを言ったらうちだって元を辿れば馬飼の家系じゃないか」

「だとしても我が家には歴史がありますわ！　それなのに、どうしてわたくしが……」

「それは両家の繋がりを強化するのにセシリーが適任だからだよ」

「それくらい分かっていますわ」

セシリーはムッとして言い返した。そう、分かっているのだ。

これから兄はクロノと契約を結ぶ。通行税の撤廃と露店制度の統一に関する契約だ。

この契約でハマル子爵家は税収の一部に加え、権限の一部を失う。

ひどい契約だ。ハマル子爵家が新貴族の風下に立つなど屈辱以外の何物でもない。

だが、兄はそこまでしなければハマル子爵家に未来はないと考えたのだ。

さらに契約を維持するために両家の繋がりを強化しなければいけないと考えた。

だから、セシリーが選ばれた。表向きは行儀見習いとして――。

セシリーは俯き、唇を噛み締めた。二重の屈辱でおかしくなりそうだ。

それでも、ハマル子爵家の未来を守るために耐えなければならない。

全て分かっている。それでも、どうして自分がという思いを消すことはできなかった。

# 第一章『契約式』

昼すぎ——ティリアは会議室の壁際に立ち、視線を巡らせた。会議室には三つの席が設けられている。まずティリア達が立つ壁際に設けられた席だ。この席には誰も座っていない。羊皮紙と羽根ペン、インク壺が二セット置かれているだけだ。次にクロノとシッターが座る窓際の席、最後にハマル子爵と彼の部下、セシリーが座る廊下側の席だ。

ティリアは羊皮紙に視線を向けた。羊皮紙にはびっしりと文字が書かれている。通行税の撤廃と露店制度の統一に関する契約書だ。シッターを始めとする事務官が協議を重ねて作成しただけあって内容はしっかりしている。

正直、譲歩しすぎではないかと思う。だが、ハマル子爵領が発展すれば周辺領主も契約を望むことだろう。将来的には経済同盟の成立も有り得る。要するにクロノは未来を見ているのだ。惚れた男が大きな視野を持っている。そう考えると誇らしい気分になる。

ごほん、とクロノが咳払いをする。いけないいけないいけない。自分の役割をこなさなければ。ティリアはゆっくりと手を上げた。

「私――ティリア・ユースティティア・モーリ＝ケフェウスは二枚の契約書に記された条文が一言一句違わないことを確認した」

「リオ・ケイロン、以下同文」

「エリル・サルドメリク、同じく」

ティリアの言葉にケイロン伯爵とサルドメリク子爵が続く。折角の契約式なのだからちゃんとやれと言いたかったが、ぐっと堪えてクロノとハマル子爵に視線を向ける。

「双方、問題がなければ契約書に署名を」

「分かりました」

「承知いたしました」

ティリアが厳かに告げると、クロノとハマル子爵は席から立ち上がった。壁際の席に座って契約書に署名し、さらに契約書を交換して署名をする。話が通っているので、あっさりとしたものだ。二人が羽根ペンを置き、ティリアは口を開いた。

「両名の署名を以て契約が成立したと見なす。なお、この契約に定める事項に疑義を生じた時、または定めのない事項について意見を異にした時は誠意を以てその解決に当たるように」

「分かりました」

「承知いたしました」

クロノとハマル子爵はこちらに向き直って言った。

「それでは、これで契約式を終了とする」

契約式の終了を宣言すると、ほぅという音が聞こえた。シッターとハマル子爵の部下が安堵の息を吐いたのだ。クロノも安堵しているかのような表情を浮かべているが、ハマル子爵は緊張を保っている。流石、近衛騎士団の団長だ。クロノが立ち上がり、ハマル子爵がやや遅れて立ち上がる。二人が握手を交わす。

「エラキス侯爵、いや、クロノ殿と呼んでも？」

「ええ、構いません」

「では、私のことはブラッドと」

「分かりました、ブラッド殿」

クロノの言葉にハマル子爵が表情を和らげる。だが、嫌な予感がした。クロノを会議室から連れ出すべきだと思ったが、予感で場の空気を乱す訳にはいかない。

「クロノ殿との間には色々ありましたが、無事に契約を結べてホッとしています。これを機に末永いお付き合いをさせて頂ければと考えております。しかしながら、そのためには両家の繋がりを強化することが必要と考えております」

「――ッ！」

ハマル子爵が捲し立てるように言い、クロノが手を振り解こうとする。だが、できなかった。握力が違いすぎた。

「つきましては……」

ハマル子爵はクロノの手を握り締めたまま背後に視線を向けた。視線の先にいるのはセシリーだ。セシリーは無言で立ち上がり、つかつかとクロノに歩み寄った。スカートを摘まんで一礼する。名門貴族だけあって実に洗練された所作だ。

「私の妹――セシリーを行儀見習いとして迎えて頂きたく存じます」

ハマル子爵が手を放すと、クロノは苦虫を噛み潰したような表情を浮かべた。

「返事を聞かせて頂けませんか？」

「……」

ハマル子爵が問いかけるが、クロノは無言だ。気持ちは分かる。騙し討ちのような手段で話を切り出されたのだ。沈黙が舞い降りる。気まずい沈黙だ。カーン、カーンと外から槌を打つ音が響き、クロノはゆっくりと手を上げた。胸の高さで手を止める。見れば親指と人差し指がぴんと伸びていた。クロノは手を反転させ――。

「チェンジ」

と言った。カーン、カーンという槌を打つ音が響く。ハマル子爵は咳払いをした。

「クロノ殿、返事を聞かせて頂けませんか？」

「チェンジ」

ハマル子爵が改めて問いかける。だが、クロノの答えは変わらない。手を反転させて同じ言葉を繰り返す。ハマル子爵がクロノの肩に触れる。

「クロノ殿、これは非常に繊細な問題だ。よくよく考えての返事だろうね？」

「はい、よく考えました。チェンジ」

ハマル子爵が地の底から響くような声で言う。だが、やはりというべきか。クロノの答えは変わらなかった。答えだけではなく、動作も変わらない。プッという音が響く。音のした方を見ると、ケイロン伯爵が手で口元を押さえていた。どうやら堪えきれずに噴き出したようだ。

「クロノ殿、行儀見習いとして迎えるとは言葉通りの意味ではないよ。口にするのは憚られるが……。君がセシリーとの間に子どもを儲けても私は何も言わない。つまり、そういうことだ」

「愛人は間に合ってますので。チェンジで」

クロノが手を反転させようとする。だが、ハマル子爵が手首を掴む方が速かった。すかさずもう一方の手を反転させようとする。ハマル子爵の手が伸びる。だが、今度は手首を掴まれなかった。クロノがハマル子爵の手首を掴んだのだ。

「私は君とセシリーの間に子どもが産まれたら養子として迎えてもいいと思っている。だから、君は思うがままに振る舞うといい」

　ハマル子爵が手に力を込めながら言う。クロノも必死に抵抗しているが、身体能力の差は歴然としている。徐々に押し込まれていく。このままでは膝を屈してしまうと考えたその時、クロノがハマル子爵を一気に押し返した。目を細める。黒い光が蛮族の戦化粧のようにクロノの体を彩っていた。

　刻印術――ルー族に伝わる精霊と一体化するための呪法だ。時間制限はあるものの、刻印術を使うことでクロノは身体能力を飛躍的に高めることができる。

「刻印術⁉」

「それでも……。チェンジで！」

　驚愕に目を見開くハマル子爵にクロノは大声で言った。今度はハマル子爵が膝を屈しそうになる。だが、ハマル子爵はクロノを押し返した。クロノが加減していることもあるだろうが、それを差し引いてもすさまじい膂力だ。

「もちろん、私は君達の子どもに家督を譲るつもりだ。いい話じゃないか」

「愛人の押し売りは迷惑です！」

クロノとハマル子爵は動きを止めていた。力比べは五分五分といった所か。それにしてもハマル子爵が家督を譲ることまで考えているとは思わなかった。それだけハマル子爵領の置かれている状況は芳しくないということか。いや、ハマル子爵がそんな状態になるまで手をこまねいているとは思えない。クロノと同じく未来を見据えていると考えるべきだろう。セシリーを見る。すると、彼女は俯いて肩を震わせていた。覚悟を決めてきただろうに、と少し気の毒になる。

「……クロノ」

「今、取り込み中ですッ！」

ティリアが声を掛けると、クロノは叫び返してきた。

「セシリーを行儀見習いとして置いてやってもいいんじゃないか？」

「え⁉」

「――ッ！」

クロノがぎょっとこちらを見る。その拍子に力が緩んだのだろう。ハマル子爵はクロノの手を振り解いて距離を取った。刻印が消える。

「なんで、そんなこと言うの？」

「流石、皇女殿下！」

クロノが困惑しているかのように、ハマル子爵が嬉しそうに言った。

「クロノ、通行税の撤廃なんて契約を結んだんだぞ？　ハマル子爵が安全を担保しようとするのは当然じゃないか。お前だって不安を解消したいだろ？」

「それはそうだけど……」

クロノはごにょごにょと言った。何だかんだとクロノは理を重んじるタイプだ。理を説けば聞く耳を持ってくれる。

「おや、どういう風の吹き回しだい？」

「どういう風の吹き回しも何も今説明した通りだ」

ケイロン伯爵が茶化すように言い、ティリアはムッとして言い返した。

「へ～、そうなのかい」

「言いたいことがあるのならはっきり言え」

「クロノのもとに新しい女が来るのに余裕があるんだなと思ったのさ」

「何を言うかと思えばそんなことか。これは領地間の問題だぞ。個人的な感情は抜きにして考えるべきだ」

「そうかい？　ボクはクロノのもとに別の女がやって来ると聞いただけで不安になってし

まうけどね。皇女殿下は違うのかい？」

「当たり前だ」

ティリアは胸を張った。そもそも、クロノはセシリーを嫌っている。警戒心なんて湧いてこない。もしかして、とケイロン伯爵が呟く。

「クロノはセシリーを嫌ってるから警戒する必要なんてないと思っているのかな？」

「な、何を言ってるんだ」

ティリアは反射的に言い返したが、図星を突かれたせいで声が上擦ってしまった。ケイロン伯爵が意地の悪い笑みを浮かべる。

「どうして、声が上擦っているんだい？　もしかして、図星――」

「そ、そんな訳ないだろ、そんな訳」

ティリアはケイロン伯爵の言葉を遮って言った。ふと視線を感じてセシリーを見る。セシリーは顔を伏せたままだったが、肩の震えが大きくなっているような気がした。ティリアは手の平をセシリーに向けた。

「待て、これはケイロン伯爵の罠だ。私は『クロノはセシリーを嫌っているから警戒する必要なんてない』なんてこれっぽっちも考えていないぞ」

「語るに落ちるとはこのことだね」

「人聞きの悪いことを言うな！」

ケイロン伯爵が呆れたように言い、ティリアは叫んだ。なんてヤツだ。そんなことを言ったら信じてしまうかも知れないではないか。

「違うぞ。私は本当にそんなことを考えてないんだ」

ティリアは誤解を解くべくセシリーに語りかけた。その時、クロノが小さく唸った。反射的に視線を向ける。

「う～ん、ティリアがそこまで言うなら――」

「流石、クロノだ。分かってるな」

「話の途中だったみたいだけど？」

ティリアがクロノを誉めると、ケイロン伯爵から突っ込みが入った。ごほん、とクロノは咳払いをして再び口を開いた。

「ティリアがそこまで言うならと思ったけど……」

「けど、何だ？」

「行儀見習いって、要はメイドみたいなもんだよね？」

「うん、まあ、そうなんじゃないか。よく分からんが……」

「行儀作法や家事を教えるのが一般的だね」

ティリアがごにょごにょと答えると、ケイロン伯爵が補足した。クロノが困ったように眉根を寄せる。

「正直、自信がないな」

「どうしてだ？」

「家事はともかく、僕自身が行儀作法に詳しくないんだもの」

ティリアが理由を尋ねると、クロノは情けないことを言った。

「なんだ、そんなことか。安心しろ、行儀作法なら私が教えられる」

「家事はどうするの？」

「アリッサがいるじゃないか」

「……他力本願」

「ぐぬッ……」

サルドメリク子爵がぼそっと呟き、ティリアは呻いた。う～ん、とクロノが再び唸る。

「まだ問題があるのか？」

「アリッサには無理なんじゃないかな？」

「どうしてだ？ アリッサには退役軍人をメイドに育て上げた実績があるじゃないか」

「そりゃ、アリッサの手腕は疑ってないけど、性格的に無理っぽくない？」

「……アリッサとハマル子爵の妹では身分が違う」

ティリアが鸚鵡返しに呟くと、サルドメリク子爵がぼそっと呟いた。それでクロノの言わんとしていることが分かった。アリッサは自分が平民であることを弁えている。そんな彼女にはセシリーを厳しく指導できないのではないかと言っているのだ。

「……皇女殿下は察しも悪い」

「いちいち失礼なヤツだな」

ティリアはムッとして言い返した。だが、指摘自体は間違っていない。では、どうすればいいのか。自問するまでもない。答えは出ている。

「分かった。私が監督する」

「ホントにぃ？」

「本当だ。ちゃんと監督する」

クロノの口調にイラッとしながらティリアは答えた。

「本当にちゃんと監督してくれる？」

「うむ、ちゃんと監督する」

「セシリーが粗相をしたらちゃんと叱ってくれる？」


「性格？」

「ああ、ちゃんと叱る」

「そこまで言うんならセシリーを行儀見習いとして置いてあげてもいいかな」

「よかったな、セシリー」

クロノが溜息交じりに言い、ティリアはセシリーに視線を向けた。喜んでくれるかと思ったが、俯いた状態でぶるぶると体を震わせている。どうしたのだろう？　と訝しんでいると、ぴたりと震えが止まった。突然、顔を上げ——。

「わたくしは犬じゃありませんわッ！」

大声で叫んだ。犬？　とティリアは小首を傾げる。すると、サルドメリク子爵が深々と溜息を吐いた。また嫌みを言うつもりだろうか。

「……皇女殿下。今の遣り取りはよくない」

「どうしてだ？」

「……今の遣り取りは子どもが犬や猫を拾って来た時に母親とする会話によく似ている」

「そんなつもりは……」

ティリアは口籠もり、ハッとクロノを見た。すると、勢いよく顔を背けられた。それでわざとやっていたと気付いた。どうして拗れさせるような真似をするんだ、とティリアは深々と溜息を吐いた。

※

ティリア達が侯爵邸から出ると、ゴルディの工房からは槌を打つ音が響き、紙の工房からは湯気が立ち上っていた。さらに庭園の一角では獣人達が授業を受けている。ティリアにとっては見慣れた光景だ。ハマル子爵が立ち止まり、クロノに向き直る。そっと手を差し出す。先程の件で警戒しているのだろう。クロノは動かない。しばらくしてハマル子爵が朗らかに笑った。

「そんなに警戒しなくていいですよ。騙し討ちのような真似はもうしませんから」

「……そういうことなら」

クロノはやや間を置いて言った。それでも、まだ手を握り返そうとしない。

「……エラキス侯爵、私は忙しい。だから、さっさと握手をして欲しい」

「分かったよ」

サルドメリク子爵が堪えきれなくなったように言い、クロノは渋々という感じでハマル子爵の手を握り返した。

「クロノ殿、妹のことをよろしくお願いします」

「できる限りのことはしますけど、あまり期待しないで下さいね？」

クロノが自信なさそうに言うと、ハマル子爵は苦笑じみた笑みを浮かべた。

「それと、面倒を見るのはティリアなので……」

「分かりました」

ハマル子爵は手を放すとこちらに歩み寄ってきた。立ち止まり、頭を垂れる。

「皇女殿下、妹のことをよろしくお願いいたします」

「うむ、善処する」

ティリアが頷くと、ハマル子爵はホッと息を吐いた。それからティリアの背後――セシリーに視線を向ける。

「セシリー、しっかりやるんだぞ？」

「……」

ハマル子爵が声を掛ける。だが、返事はない。気になって背後を見ると、セシリーは腕を組んでそっぽを向いていた。

「セシリー、ハマル子爵に別れの挨拶をしろ」

「……ごきげんよう、お兄様」

うんざりした気分で命令すると、セシリーはそっぽを向いたまま言った。

「セシリー……」

「いいんですよ」

やはり、うんざりした気分で名前を呼ぶ。すると、ハマル子爵がやんわりと割って入った。ところで、とクロノが口を開く。

「ブラッド殿、今後の予定は？」

「そうですね。二、三日、実家でのんびりして帝都に戻ろうと思います」

「二、三日ですか」

「心配せずともセシリーが戻っても門を潜らせないよう家の者に伝えておきますので」

「クーリングオフ期間を設けないのはひどいと思います」

「クーリングオフ期間？」

クロノが呻くように言うと、ハマル子爵は訝しげな表情を浮かべた。

「言葉の意味は分かりませんが、戻る家がなければ覚悟を決めて働くことでしょう」

「そうですか」

ハマル子爵の言葉にクロノはがっくりと肩を落とした。そういえば、とハマル子爵がケイロン伯爵に視線を向ける。

「リオ殿はいつ帝都に戻るんだい？」

「うむ、ハマル子爵の言う通りだ。仕事は終わったんだし、そろそろ帝都に帰った方がいいんじゃないか？」

ティリアがハマル子爵に追従すると、ケイロン伯爵は小さく溜息を吐いた。鼻で笑われているようでイラッとする。

「帰ってくるように言われたら帰るよ」

「お前は近衛騎士団長だろ。もっと真面目に仕事をしろ」

「皇女殿下こそ仕事をしたらどうだい？」

「ぐッ……」

ケイロン伯爵に切り返され、ティリアは呻いた。呻くことしかできない。それを好機と見たのだろう。それに、とケイロン伯爵が続ける。

「これでも、騎兵隊の監督に武術指南と頑張ってるんだよ。皇女殿下の決闘にも付き合ってあげてるね。それで、皇女殿下は何をしてるんだい？」

「…………クロノの子どもを授かるべく頑張ってる」

ティリアはごにょごにょと答えた。

「それは他の娘も変わらないんじゃないかな？　ボクも頑張って――」

「お前は男だろッ！」

ティリアはケイロン伯爵の言葉を遮って叫んだ。だが、どういう訳かケイロン伯爵は笑みを浮かべた。妙に余裕のある態度だ。もしや――。

「……皇女殿下、男同士で子どもは作れない」

「そ、そんなこと分かっている！」

サルドメリク子爵に突っ込まれ、ティリアは上擦った声で応じた。

「先入観はよくないよ。男同士でも子どもが作れるかも知れないじゃないか」

「ふん、そんなことある訳ないだろ」

ケイロン伯爵の言葉をティリアは否定した。だが――。

「……一理ある」

「は⁉　何を言ってるんだ、お前は？」

サルドメリク子爵がぼそっと呟き、ティリアは思わず視線を向けた。

「……私は学究の徒を自任している」

「それがどうしたんだ？」

「……先入観で決めつけるのはよくないと思った。もしかしたら、男同士で子どもを作る方法が存在しているかも知れない」

「ふ〜ん、そうか」

ティリアは相槌を打ち、クロノに歩み寄った。

「お前はどう思う？」

「できるんじゃない？」

「あ、そうか」

ティリアはクロノから距離を取った。何だろう。自分だけが異世界に迷い込んでしまったような気分だ。途方に暮れて天を仰いだその時、ハマル子爵が口を開いた。

「それでは、私達はお暇させて頂きます」

「お疲れ様です」

ハマル子爵はクロノに一礼すると踵を返して歩き出した。ハマル子爵の部下がその後に続く。その時、風が吹いた。セシリーが早足でティリアの脇を通り抜けたのだ。

「お兄様！」

「……何だい？」

セシリーが叫び、ハマル子爵が振り返る。

「わたくしの荷物まで持ち帰ってしまうつもりですの？」

「ああ、すっかり忘れていた」

ハマル子爵はバツが悪そうに頭を掻いた。

「では、すぐに下ろすとしよう」

「お兄様が下ろす必要はありませんわ。わたくしはエラキス侯爵に行儀見習いとして迎えられたんですもの」

セシリーはクロノに視線を向け、嘲るような笑みを浮かべた。クロノがこちらに視線を向ける。嫌な予感がした。

「ティリア、よろしく」

「どうして、私が——」

「ちゃんと面倒を見て下さい」

ぐッ、とティリアは呻いた。だが、自分で蒔いた種だ。そう自分に言い聞かせて足を踏み出すと、背後からガチャという音が響いた。扉の開く音だ。振り返ると、アリッサが立っていた。いや、アリッサだけではない。その背後には数人のメイドが控えている。どうやら、状況を察して待機していたようだ。

「アリッサ、セシリーの荷物を部屋に運んでくれ」

「承知いたしました」

アリッサが足を踏み出すと、メイド達が続いた。セシリーは手伝おうとしない。教育はアリッサに任せて監督役に徹しようと思っていたのだが、あの姿を見ていると働く気すらないのではないかと思えてくる。

さて、どうしたものか、とティリアは腕を組んだ。

※

食堂には芳醇な香りが漂っていた。ティリアは席に着いたまま視線を横に向ける。視線の先にはワゴンとティーカップに香茶を注ぐアリッサの姿があった。少しだけ視線をスライドさせると、アリッサからやや離れた所にセシリーが立っていた。ムッとしたような表情を浮かべている。手伝う気はなさそうだ。

ティリアは溜息を吐き、視線を正面に戻した。正面——対面の席にはクロノが、その右にはケイロン伯爵が、左にはサルドメリク子爵が座っている。視線を巡らせる。ティリアの隣には誰もいない。

「バランスがおかしくないか？」

「バランスって？」

ティリアが問いかけると、クロノは不思議そうに首を傾げた。直後、ケイロン伯爵がクロノにしな垂れ掛かった。

「皇女殿下はボッチが寂しいのさ」

「純粋な疑問を口にしただけだ」

ケイロン伯爵が勝ち誇ったような笑みを浮かべて言い、ティリアはイラッとして言い返した。サルドメリク子爵に視線を向ける。彼女は焼き菓子を美味しそうに食べている。ちなみにティリア達の前には何も置かれていない。食い入るように焼き菓子を見ていたサルドメリク子爵にアリッサが配慮した結果だ。サルドメリク子爵は焼き菓子を呑み込むとこちらに視線を向けた。

「……言いたいことがあれば言って欲しい」

「さっき忙しいと言っていなかったか？」

「……言ったかも知れない。だが、物事には優先順位がある。そして、優先順位は適宜更新される。だから、今の私が忙しそうにしていなくてもそれは仕方のないこと」

「今の最優先事項は何だ？」

「女将の作った焼き菓子を食べることに決まっている」

ティリアの問いかけにサルドメリク子爵は即答した。そんなに美味しいのだろうかと焼き菓子に視線を向ける。サルドメリク子爵は焼き菓子の載った皿に手を伸ばした。分けてくれるのかと思いきや手元に引き寄せる。

「……いくら皇女殿下でも焼き菓子を分ける訳にはいかない」

「いらん」

「……それは皇女殿下の分を譲ってくれると解してもよいか？」

「どう解釈したらそうなる？」

「……奇跡を期待した」

「そんなことに奇跡を期待するな」

ティリアはうんざりした気分で突っ込んだ。不意にケイロン伯爵がアリッサ達の方を見る。どうやら香茶を淹れ終えたようだ。視線を向けると、アリッサと目が合った。

「セシリー、香茶をクロノの所に運べ」

「なッ!?　何故、わたくしが——」

「お前は行儀見習いだぞ？　香茶くらい運べなくてどうする」

「……」

ティリアが言葉を遮って言うと、セシリーは押し黙った。

「運べ」

「…………分かりましたわ」

短く告げる。すると、セシリーは長い長い沈黙の後で頷いた。

「セシリー様、どうぞ」

「……」

セシリーは渋々という感じでアリッサからティーカップを受け取り、クロノのもとに向かう。ティーカップが傾き、ティリアはケイロン伯爵に視線を向けた。ケイロン伯爵が指を鳴らし、ティーカップが床に落ちた。ティーカップが割れる。だが、音はしなかった。

「ケイロン伯爵？」

「ご要望の通り、音がしないようにしたよ」

「そんなことは頼んでない！」

「じゃあ、どうして欲しかったんだい？」

「ティーカップを浮かせて欲しかったに決まってるだろ！」

「そんなことを言われても困るよ。むしろ、一瞬のアイコンタクトで神威術を使ったことを誉めて欲しいくらいさ」

「……皇女殿下は感謝の気持ちが足りてないから仕方がない」

ケイロン伯爵が拗ねたように唇を尖らせ、サルドメリク子爵がぼそっと呟く。ちッ、とティリアは舌打ちをしてセシリーに視線を向ける。セシリーはじっと床を見ていたが、やれやれと言わんばかりに肩を竦めた。

「アリッサ、ティーカップが割れてしまいましたわ。片付けて下さらない？」

「承知いたしました」

「待て！」

ティリアが声を上げると、アリッサはびくっと体を震わせて動きを止めた。

「セシリー、お前が片付けろ」

「どうして、わたくしがそんなことをしなければなりませんの？」

「お前がティーカップを割ったからだ」

「それはわたくしの仕事ではありませんわ」

理由を説明するが、セシリーは不満そうに言い返してきた。

「だったらお前の仕事は何なんだ？」

「わたくしの仕事は両家の繋がりを強化することですわ」

「今の有様で繋がりを強化できると思っているのか？」

「試してみなければ分からないのではなくて？」

ふん、とセシリーは鼻を鳴らし、アリッサに視線を向けた。

「アリッサ、さっさとティーカップを片付けて下さらない？」

「……」

アリッサが伺いを立てるようにこちらに視線を向ける。当然、答えは否だ。ティリアが首を横に振ると、アリッサは背筋を伸ばしてセシリーを見据えた。

「申し訳ありませんが、ティーカップを片付けることはできません」

「わたくしが片付けるように言ってますのよ⁉」

「申し訳ありません。私の雇用主は旦那さ――クロノ様ですので、お許しがなければセシリー様に従うことはできません」

「――ッ！」

セシリーは鼻白み、アリッサに詰め寄った。打擲するつもりか、手を振り上げる。止めなければ、とティリアが腰を浮かせた瞬間、ドンッ！　という音が響いた。セシリーが動きを止め、ティリアは音のした方を見る。すると、クロノがテーブルを叩いた姿勢のまま動きを止めていた。ケイロン伯爵とサルドメリク子爵も驚いたのだろう。びっくりしたようにクロノを見ている。

「……セシリー」

「何ですの？」

「もういい。部屋に戻れ」

「何故、わたくしが命令に従わなければなりませんの？」

クロノが底冷えするような声で命令するが、セシリーは反論した。嘲るような笑みを浮かべているが、どうしてそんな真似ができるのか分からない。

「貴族と言っても所詮は――」

「僕は、部屋に戻れ、と言った」

クロノはセシリーの言葉を遮るように言った。先程と同じく底冷えするような声で、言い含めるようにだ。ここに至ってただならぬ雰囲気に気付いたのだろう。セシリーは気圧されたように後退った。

「部屋に戻れ」

「――ッ！」

クロノが最後通牒とばかりに告げる。反論しようとしてか、セシリーが口を開く。だが、陸に打ち上げられた魚のように口を開けたり閉じたりするだけで意味のある言葉は出てこなかった。口を閉ざし、体を震わせる。不意に震えが止まり、セシリーはクロノを睨み付けた。そして――。

「失礼しますわッ！」

捨て台詞を吐き、荒々しい足取りで食堂を出て行った。沈黙が舞い降りる。気まずい沈黙だ。しばらくしてクロノが小さく息を吐いた。安堵の息だ。それで空気が和らいだ。アリッサがクロノに向き直り、深々と頭を垂れる。

「旦那様、ありがとうございます」

「使用人を守るのは主人の務めだからね。気にしなくていいよ」

「いえ、それでも、ありがとうございます」

ティリアは横目で二人の遣り取りを見る。使用人を守るのは主人の務め──こういう言葉が、いや、言葉に出さなくても行動で示せる所がクロノのすごい所だと思う。アリッサがハッとしたようにティーポットを見る。

「……香茶が冷めてしまったので、淹れ直して参ります」

「別にいいよ」

「そういう訳には参りません」

アリッサがワゴンに手を伸ばしたその時、サルドメリク子爵が立ち上がった。

「……女将に焼き菓子の追加をお願いしたい」

「承知いたしました」

そう言って、アリッサはワゴンを押して食堂から出て行った。サルドメリク子爵がイスに座り、クロノが口を開いた。

「で、どう?」

「どうとは？」

ティリアはクロノに問い返した。

「ちゃんと面倒を見られそう？」

「うむ、最初はアリッサに教育を任せ、私が監督役をするつもりだったんだが……」

ティリアは口籠もった。正直、あんな態度を取られるとは思わなかった。

「計画の見直しが必要だ」

「その程度で大丈夫かい？」

「……」

ケイロン伯爵が問いかけてくるが、ティリアは答えられなかった。もっともな意見だと思う。計画の見直しではなく、抜本的な変更――画期的なアイディアが必要だ。だが、あいう態度を取られると本当に大丈夫なのか不安になってくる。

その時、背後から音が響いた。食堂と厨房を隔てる扉が開く音だ。サルドメリク子爵が目を輝かせているので、誰が来たのか容易に想像がつく。だが、念のために振り返る。すると、案の定というべきか、女将がいた。手に焼き菓子の盛られた皿を持っている。女将はこちらにやって来るとサルドメリク子爵の前に皿を置いた。そして、優しげな笑みを浮かべる。

「召し上がれ」

「……いただきます」

サルドメリク子爵はぼそっと呟き、焼き菓子に手を伸ばした。焼き菓子を頬張り、幸せそうに口元を綻ばせる。ふと視線を感じて顔を上げると、女将と目が合った。意地の悪い笑みを浮かべている。ティリアが失敗したり、弱音を吐いたりする所を見に来たに違いない。名ばかりのお嫁さんじゃなきゃいいけどね、と言われたことを思い出す。

「何だ？」

「仕事が上手くいってるか気になってね。で、どうなんだい？」

「もちろん、順調だ」

「へ〜、そうかい」

ティリアが答えると、女将は笑みを深めた。全てお見通しだよと言わんばかりだ。

「あたしが小耳に挟んだ話とは違うみたいだね」

「情報が錯綜しているのだろう。セシリーは今日来たばかりだからな」

「確かにそういうこともあるかも知れないね」

女将は腕を組み、うんうんと頷いた。まったく、わざとらしい。視線を巡らせると、クロノとケイロン伯爵がこちらを見ていた。二人とも呆れたような顔をしている。

「手に余るようなら手伝ってやろうかと思ったんだけど――」

「不要だ」

「そうかい？　ま、手に余るようなら言っとくれよ」

ティリアが言葉を遮って言うと、女将は軽く肩を竦めて歩き出した。彼女の姿が食堂と厨房を隔てる扉の向こうに消え――。

「私が名ばかりのお嫁さんじゃない所を見せてやる」

ティリアは拳を握り締めた。

※

夕方――ティリアは木箱に座り、深い溜息を吐いた。名ばかりのお嫁さんじゃない所を見せてやると言ったものの、画期的なアイディアがそう簡単に思い付く訳もなく、侯爵邸の庭園で途方に暮れている有様だ。太股を支えに頬杖を突き、ぼんやりと庭園の一角を眺める。そこではフェイとトニーが素振りをしていた。二人は素振りを続けていたが、しばらくすると素振りを止めてこちらに近づいてきた。

「皇女殿下、何やらお悩みの様子でありますが、どうかしたのでありますか？」

「大したことじゃないんだが——」

そう前置きした上でセシリーを行儀見習いとして迎えることになったことや食堂でティーカップを割ったこと、どう教育すればいいのか悩んでいることを語った。

「何かいいアイディアはないか？」

「諸行無常、盛者必衰、驕れる者は久しからずでありますね」

「何を言ってるんだ、お前は？」

「やはり、ここは元同僚として、現第十三近衛騎士団の騎兵隊副隊長として、そしてクロノ様の愛人として声を掛けてあげるべきでありますかね？」

「喧嘩になるから止めろ」

「喧嘩？　何を言っているのでありますか？　私は元同僚として旧交を温めたいと言っているだけでありますよ？」

「嘘を吐くな」

「師匠、仕返しは格好悪いんだぜ」

フェイがとぼけた口調で言い、ティリアはうんざりした気分で返した。さらにトニーの援護が入り、フェイは拗ねたように唇を尖らせた。

「二人とも人聞きが悪いであります。私は第十二近衛騎士団で蹴られたり、馬糞女と呼ばれたりした恨みを晴らそうなんてこれっぽっちも思ってないであります。ただ……」

「ただ？」

「立場を弁えない言動を取ったら分からせる必要があると思っているだけであります」

ティリアが鸚鵡返しに呟くと、フェイは振り子のように拳を振りながら言った。恨みを晴らす気満々だ。面倒臭いが、フェイを説得しなければ。

「フェイ、トニーも言っていたが、仕返しは格好悪いぞ」

「仕返しをしたいなんて言ってないであります」

「そうだな。だが、それを判断するのはお前じゃない」

「どういう意味でありますか？」

フェイは訝しげな表情を浮かべて言った。よしよし、食い付いてきた。

「それを判断するのは周りの人間だ。お前が仕返しをするつもりがなくても周りの人間が仕返しをしていると思えばそれまでだ」

「む、むぅ、そうでありますかね？」

「俺も判断するのは周りの人間だと思うんだぜ」

フェイが不満そうに言うと、再びトニーの援護が入った。うむ、空気の読めるいい子だ。

「もし、周りの人間がそう考えたら第十三近衛騎士団ばかりか、クロノの威光にも傷が付く。第十三近衛騎士団の騎兵隊副隊長として、クロノの愛人としてそれでいいのか？」

「む、むぅ……」

ティリアが問いかけると、フェイは苦しげに呻いた。しばらくして大きな溜息を吐く。

「分かったであります。第二夫人として夫の威光を傷付けるのは駄目(だめ)でありますよね？」

「う、うむ、そうだな」

まさか、仕返しをしない代わりに自分の立場を認めさせようとするとは。だが、ここで断れば禍根(かこん)を残すことになる。ティリアは口籠もりつつ頷いた。

※

夜――ティリアは枕(まくら)に顔を埋(うず)め、足をばたつかせた。あれから色々考えたが、やはり画期的なアイディアは出てこなかった。マズい。このままでは本当に名ばかりのお嫁さんになってしまう。焦燥(しょうそう)に駆(か)られて足をばたつかせていると――。

「ティリア、うるさいから止めて」

「うるさいとは何だ。私がこんなに悩んでいるのに……」

ティリアは足をばたつかせるのを止め、机に向かうクロノを睨み付けた。見られていると分かったのだろう。クロノは羽根ペンを止め、こちらに向き直った。

「面倒を見るって言ったのはティリアだよ？」

「ぐぬッ、それはそうだが……」

あそこまでとは思わなかったんだ、とティリアはごにょごにょと呟いた。

「クロノ、何かいいアイディアはないか？」

「無理じゃない？」

「私が名ばかりのお嫁さんになるかの瀬戸際なんだ。もっと真面目に考えろ」

「考えろって言うけど、セシリーって気が強いし、陰険な所もあるから生半可な方法じゃ無理だと思うよ？　ほら見てよ、これ」

そう言って、クロノは髪を掻き上げた。

「個性的なハゲだな」

「傷痕だよ、傷痕！」

ティリアが素直な感想を口にすると、クロノはムキになったように言った。

「このハゲ、もとい、傷痕はセシリーに蹴られてできたんだよ」

「それは陰険というレベルを超えているんじゃないか？」

「まあ、そうだね」

うーん、とティリアは唸った。フェイも蹴られたと言っていたし、セシリーの面倒を見ることができるのか不安になってくる。いや、と頭を振る。不安になってくるじゃない。やるのだ。やって名ばかりのお嫁さんじゃないことを証明するのだ。

「とにかく、アイディアだ。アイディアを出せ」

「出せって言われても出るのは溜息くらいだよ」

クロノは溜息を吐き、あッ！　と声を上げた。

「何か思い付いたのか？」

「これは元の世界でも有名な新兵の訓練方法なんだけど……。うちのメイドも使っていたから効果があると思う」

「うむうむ、何処の世界でもいいものはいいということだな。流石、クロノだ。二つの世界を知るだけのことはある。で、どうやるんだ？」

「やり方は——」

ティリアがベッドから下りて歩み寄ると、クロノは訓練方法の説明を始めた。説明を聞き終え、ティリアは再び唸った。

「どうかしたの？」

「うむ、いくつか不安要素がある」

「そうは言うが、私が一生使わなそうな言葉ばかりなんだぞ？　それに、セシリーは自分の立場が分かってないから逆らうんじゃないか？」

今度はクロノが唸る番だった。しばらくして解決策を思い付いたのか口を開く。

「分かった。どんな風に話せばいいのかメモに書いておくよ。セシリーについては……。とりあえずアリデッドとデネブをサポートに付ける」

「人数で威圧（いあつ）するということだな。だが、あの二人で大丈夫なのか？」

「一応、メイド教育を受けてるから大丈夫だと思うよ。ノリがいいからアドリブもこなせると思うし」

「うむ、それならできそうだ」

ティリアは腕を組んで、頷いた。

「どんな？」

「アドリブで話す自信がない」

「そんな情けないことを言われても……」

※

深夜——ティリアがベッドでうとうとしていると、バサッという音が響いた。目を開けると、枕元に紙の束が置かれ、クロノがベッドに座っていた。

「終わったよ」

「うむ、ご苦労だった」

ティリアは俯せになり、紙の束を手に取った。書かれた文章を目で追う。

「クロノ、『ケツ穴を引き締めろ』はどういう時に使うんだ？」

「相手がへらへら笑ってた時にどうぞ」

「こっちの『セイウチのケツ穴にドタマ突っ込んでおっ死ね』は？」

「成長が見られない時にどうぞ」

う～ん、とティリアは唸った。他にもどんな状況で使えばいいのか分からない言葉が並んでいるが、今から心配しても仕方がないか。臨機応変に対処してこそのお嫁さんだ。そんなことを考えていると、クロノが布団に潜り込んできた。期待に胸が高鳴る。だが、クロノはベッドに横になったきり動こうとしない。

「まさか、もう寝るつもりなのか？」

「だって、もう遅いよ？」

ティリアが尋ねると、クロノは情けない声で答えた。

「それは分かっているが……。私はしたいんだ」

「じゃあ、拘束させてくれる？」

「またそれか」

「駄目なら――」

「分かった。拘束させてやる」

「流石、ティリア。話が早い」

ティリアが言葉を遮って言うと、クロノはベッドから下りた。その嬉しそうな姿を見ていると、はやまった判断をしたような気がしてくる。そして、数分後――ティリアは自身がはやまった判断をしたことを痛感した。

# 第二章『メイドブートキャンプ』

一日目早朝——セシリーが目を覚ますと、そこは見慣れぬ部屋だった。貧乏たらしい部屋というのが正直な感想だ。ベッドもあまり金を掛けていないのだろう。ハマル子爵領の自室にあるそれと比べると寝心地が悪いように感じられた。

貴族の箱入り娘であればベッドが硬くて眠れないと泣き言を口にするに違いない。だが、セシリーは元軍人だ。ある程度の図太さは身に付けている。とはいえ、ここがエラキス侯爵領、いや、クロノに与えられた部屋と考えると名状しがたい不快感を覚える。

昨日のことを思い出す。やはり、クロノは成り上がり者の息子だ。ハマル子爵家の令嬢たる自分を行儀見習いとして迎えるのだ。跪いてとまでは言わずとも礼を尽くすべきではないか。だというのにクロノはチェンジと——セシリーをいらないと言った。それだけではない。犬扱いしたばかりか給仕の真似事をさせ、使用人を躾ける邪魔をして皆の前で恥を掻かせた。

兄も兄だ。契約が大事なのは分かる。だが、クロノは宝石の扱い方を知らない男だ。それどころか、宝石と石の区別が付いているかも疑わしい。そんな男のもとに自分を送り込んでどうするというのか。だが、仕事を放り出して逃げ出す訳にはいかない。とりあえず、ティリア皇女に取り入る所から始めるべきだろう。もちろん、ティリア皇女にも思う所はあるが、後ろ盾は必要だ。

お兄様、安心して下さいな。わたくしは皇女殿下の後ろ盾を得て、あの卑しい傭兵の息子を意のままに操ってみせますわ、とセシリーはほくそ笑んだ。その時、廊下からドタバタという音が聞こえた。足音だ。それもこちらに近づいてくる。

クロノだろうか。いや、そんなはずはない。だが、相手は傭兵の息子だ。早朝に押しかけて関係を迫る可能性もゼロではない。枕元に忍ばせた短剣に手を伸ばす。指先が短剣に触れた次の瞬間、ドンッという音が響いた。扉が蹴破られたのだ。まさか、扉を蹴破られるとは思わなかった。動きが止まる。さらに――。

「『焔舞みたいな！』」

鮮やかな炎が膨れ上がり、爆音が轟いた。予想外の出来事にセシリーはベッドから転がり落ちた。反射的に扉を見る。すると、二人のエルフが飛び込んでくる所だった。鏡で映したようにそっくりな姿をしているので双子だろう。どういう訳かメイド服を着ている。

「このなんちゃってメイドが！　いつまで寝ているみたいなッ！」

「虫にも劣る駄メイドがあたしらより遅く起きるなんて許せないしッ！」

「――――ッ！」

二人のメイドが喚き散らし、セシリーは我に返った。枕元の短剣に手を伸ばす。だが、セシリーは短剣を掴むことができなかった。光弾が枕に突き刺さったのだ。魔術ではない。神威術だ。問答無用で神威術を撃ち込んでくるなんて、なんてひどいことをするのだろう。自分は短剣を取ろうとしただけなのに。

再び扉を見る。すると、ティリア皇女が部屋に入ってくる所だった。どういう訳かメイド服を着ている。さらに二人の女が入ってくる。一人はアリッサ、もう一人は浅黒い肌の少女だった。彼女もメイド服を着ている。ティリア皇女が立ち止まると、アリッサと浅黒い肌の少女も立ち止まった。ただならぬ雰囲気にごくりと喉を鳴らす。すると、ティリア皇女はセシリーに背を向けた。そして、浅黒い肌の少女を見る。

「ヴェルナ、お前はあっちだ」

「分かったよ」

浅黒い肌の少女――ヴェルナは大欠伸をしながらこちらに近づいてきた。セシリーの隣に立ち、正面に向き直る。どうやら、この騒ぎの首謀者はティリア皇女のようだ。

「これはどういうことですの⁉」

「『焔舞みたいなッ！』」

セシリーの問いかけに対する答えは魔術だった。鮮やかな炎が炸裂し、爆音が轟く。キッとティリア皇女を睨み付ける。

「これはどういうことですの⁉」

「メイド教育だ」

「わたくしは行儀見習いであってメイドではありませんわッ！」

セシリーが叫ぶと、ティリア皇女は訝しげに眉根を寄せた。

「アリデッド、デネブ、ちょっと来い」

「『了解みたいな！』」

ティリア皇女が手招きすると、双子――アリデッドとデネブが歩み寄った。三人で円陣を組む。

「反論されたぞ？」

「弱気になっちゃ駄目だし！」

「そうだし！　ここは強気で押し切るみたいなッ！」

「うむ、そうだな。だが、念のためにメモを……。ぐッ、罵倒の言葉しか書いてないぞ」

ティリア皇女はメモ――紙の束を捲り、顔を顰めた。ごほん、と咳払いをする。

「私は行儀見習いですわ！　貴族として名誉ある待遇を求めますッ！」

セシリーがティリア皇女の言葉を遮って叫ぶと、アリデッドとデネブが顔を顰めた。

「その顔は何ですの？」

「親征の時にあたしらを盾にして逃げたくせに名誉とかちゃんちゃらおかしいし！」

「クロノ様に売られたくせに名誉とか片腹痛いみたいな！」

「亜人が盾になるのは当然ですわ！　それに、わたくしは売られていませんわ！　取り消しなさいッ！」

「「……」」

セシリーはアリデッドとデネブを怒鳴りつけた。だが、二人は答えない。無言で躙り寄ってくる。セシリーは無言で後退った。逃げるためではない。短剣を手に取るためだ。それに気付いたのだろう。二人が歩幅を広げ、セシリーは跳び退った。いや、跳び退ろうとしたというべきか。実際にはヴェルナに足掛けをされて尻餅をついたのだから。

「どうして、邪魔をするんですの？」と睨み付ける。すると、ヴェルナは鼻を鳴らした。

馬鹿にされたと理解した瞬間、全身がカッとなった。そこに――。

「それ、確保だし！」

「裸にひん剥いちゃうし！」

アリデッドとデネブが飛び掛かってきた。

「何をなさいますの⁉　お止めなさいッ！」

「裸にひん剥くって言ったみたいな！」

「抵抗は止めるし！」

セシリーは手足をばたつかせて抵抗したが、所詮は多勢に無勢だ。奮戦虚しくネグリジェを脱がされてしまった。

「くッ、よくもやりましたわね」

両腕で胸を隠し、二人を睨み付ける。すると、ティリア皇女が前に出た。つかつかと歩み寄り、服を床に放る。

「何ですの？」

「メイド服だ。着たくなければ着なくてもいいぞ。まあ、その時は裸で過ごさせるが」

精一杯の憎しみを込めて睨み付ける。だが、ティリア皇女は何の痛痒も感じていないようだった。ハマル子爵は、と呟く。

「恥をかくだろうな。クロノにあれだけ譲歩をさせておきながら妹がろくすっぽ働かない内に追い出されるのだからな。契約の見直しも有り得るんじゃないか？」

「……分かりましたわ。すぐに着替えるので出て行って下さらない？」

セシリーはやや間を置いて頷き、部屋を出て行くように促した。だが、誰も部屋を出て行こうとしない。皆の前でメイド服を着ろということか。怒りを覚えるが、ぐっと堪えてメイド服に袖を通す。

「着替えましたわ」

「メイド服に着替えるまで随分と時間が掛かったが、自分の意思でメイド服を着たことには違いない。よしとしよう」

ティリア皇女は不満そうに言って、視線を巡らせた。

「これからメイド教育を始めるが、話し掛けられた時以外は口を開くな。それから……」

ティリア皇女はそこで言葉を句切り、メモを取り出した。難しそうに眉根を寄せていたが、しばらくしてメモをしまった。

「返事は『はい』と『承知いたしました』だけだ！　あと、メイド教育を受けている時はアリッサのことを教官、自分達以外のメイドを先輩、そして私のことを奥様と呼べ」

「返事がないぞ？」

ティリア皇女は照れ臭そうに言って、こちらに視線を向けた。

「分かりましたわ」

「へ～い」

セシリーがいつも通り、ヴェルナがやる気の感じられない口調で言うと、ティリア皇女は柳眉を逆立てた。

「返事は『はい』と『承知いたしました』だけと言ったばかりだぞ！」

「「はい！」」

ティリア皇女が声を荒らげ、セシリーとヴェルナは背筋を伸ばして声を張り上げた。

「ふざけているのか、お前らは！　返事は『はい、奥様』だッ！」

「「はい！　奥様！」」

「声が小さいぞ！　もっと腹から声を出せッ！」

「「はい！　奥様ッ！」」

「迫力がない。練習しておけ」

「「はい！　奥様ッ！」」

「奥様か、いい響きだ」

ティリア皇女は満更でもなさそうに言って背筋を伸ばした。

「では、役割分担について説明する。お前達の教育はアリッサが担当する」

「よろしくお願いいたします」

ティリア皇女が肩越しに視線を向けると、アリッサがぺこりと頭を下げた。

「アリデッドとデネブはサポートだ」

「あたしらは甘くないし！」

「ビシバシ指導するみたいな！」

アリデッドとデネブはふんぞり返り、鼻息も荒く言い放った。

「そして、私は罵倒を担当する。念のために言っておくが、私は口先だけの女ではない。腕っ節も立つ。本当か嘘か確かめたいのなら止めはしないが、骨の一本や二本は覚悟してもらうぞ？」

「「はい！　奥様ッ！」」

セシリー達が声を張り上げると、ティリア皇女は獰猛な笑みを浮かべた。それからメモを取り出し、そこに書かれている内容を目で追った。

「いいか！　今のお前達はこの世界で最も劣った生物だッ！　メモをしまい――。メイドとして扱われたければメイド教育を乗り越えてみせろッ！」

「「はい、奥様！」」

「奥様、やはりいい響きだ」

そう言って、ティリア皇女は満足そうに笑った。だが、セシリーは底知れぬ不安を覚えた。それは先程の獰猛な笑みの方がティリア皇女の本質に近いように思えたから。きっと、彼女は生まれながらの獅子なのだ。

※

意外にもというべきか、アリッサの教育は不安を抱いていたのが馬鹿らしく思えるほどまともだった。まず教えられたのは心構えだ。主人であるクロノに忠節を尽くせ云々という内容だ。次に図を用いてメイドが何処でどんな仕事をしているのか説明を受けた。図を用いたのは文字の読めないヴェルナへの配慮もあったのだろう。だが、図にすると格段に理解度が増す。長くメイドとして働いてきたアリッサならではのアイディアだ。

最後にアリッサに付き従って実際にメイドの仕事を行った。説明を受けながらなので一つ仕事をこなすにも時間が掛かったが、型稽古と実戦を同時にこなすと考えればむしろ効率的なのではないかと思えた。

アリッサの教育を終えて、これがティリア皇女の手なのだと思った。最初に殴りつけて言うことを聞かせる。確かに効果的だ。だが、種が割れればそれを逆手に取ることができる。セシリーはそう考えてしまった。恐らくはティリア皇女の思惑通りに――。

※

昼すぎ——。

「どうした？　動きが止まって見えるぞ？　グズグズするな！　さっさと動け！　日が暮れてしまうぞ！　私に食事をさせないつもりか⁉」

「はい！　奥様ッ！」

ティリア皇女が捲し立てるように言い、セシリーは震える手でレオンハルトと名付けた箒を動かした。ティリア皇女によればこの箒は世界で最も劣った生物であるセシリーの恋人らしい。箒を動かしながら視線を巡らせる。セシリー達がいるのは侯爵邸の客室だ。それも掃除の行き届いた。要するに難癖を付けているだけだ。とはいえ、それを口にすることはできない。ティリア皇女が黒と言えば白いものも黒くなる。そのことをこの数時間で嫌と言うほど学んでいる。

「何だと⁉　お前は私に食事をさせないつもりなのかッ？」

「はい！　奥様ッ！」

「お前は本当に私に食事をさせないつもりか⁉　お前には人の心がないのかッ？」

「はい！　奥様ッ！」

「分かった！　お前に人の心を叩き込んでやるッ！　嬉しいか⁉」

「はい！　奥様ッ！」

セシリーは自棄っぱち気味に叫んだ。肯定の返事しか認められていない以上、こんな馬鹿な遣り取りをする羽目になる。いつまでこんな馬鹿な遣り取りを続けなければいけないのかと考えたその時、ティリア皇女が再び口を開いた。

「もっとちゃんと箒を動かせ！　尻ばかり振ってダンスでも踊っているつもりかッ？　それとも、男を誘っているのか⁉」

「――ッ！」

ふしだらな女扱いされ、思わず掃除の手を止める。すると、ティリア皇女は待ってましたと言わんばかりに笑った。しまった。またしても罠に嵌まってしまった。次の展開は一つだけだ。

「その反抗的な目は何だ？」

「……」

ティリア皇女が問いかけてくるが、セシリーは答えられない。『はい』と『承知いたしました』以外の言葉を口にすればもっとひどいことになると分かっているからだ。

「何も言わないということはもっと尻を振りたいということだな？　いいだろう。ならば存分に振らせてやるぞ！　私がいいと言うまでスクワットだッ！」

「うぇ～、勘弁して――」

「返事は『はい、奥様』だッ！」

「「はい！　奥様ッ！」」

ティリア皇女がヴェルナの言葉を遮って言い、セシリー達は声を張り上げた。丁寧に箒を床に置き、頭の後ろで手を組む。

「アリデッド、デネブ、数えろ！」

「「い～～ち――」」

アリデッドとデネブがティリア皇女の命令に従って数を数え始め、セシリー達はそれに合わせてスクワットを始めた。これが本当にキツい。というのも二人がゆっくりと数を数えるせいで自身の筋肉しか頼れないからだ。ティリア皇女がゆっくりと足を踏み出し、セシリー達の前を行き来する。

「お前達は私のことを蛇蝎の如く嫌うだろう」

思わず噴き出しそうになる。『嫌うだろう』ではない。『嫌っている』のだ。ティリア皇女も気付いているはずだが、そこに苦しみの色はない。当然か。ティリア皇女は『奥様』

として役目を果たしているのだ。苦しむ道理がない。むしろ、蛇蝎の如く嫌われることを喜んでいるように見える。

「だが、お前達は私を嫌った分だけ真のメイドに近づく。分かったな⁉」

「「はい、奥様！」」

「ふざけるな！　大声を出せ！」

「「はい！　奥様ッ！」」

ティリア皇女に罵倒され、セシリー達は声を張り上げた。ここで声を張り上げなければさらなるペナルティーが待っていると分かっているからだ。だが、声を張り上げてどうすると考えている自分もいる。従順に振る舞ってもティリア皇女は容赦なくセシリー達を罵倒し、ペナルティーを科してくる。

「スピードが落ちているぞ！　ぷるぷると脚を震わせて、生まれたばかりの子馬のマネでもしているつもりかッ！　もっと気合いを入れろッ！」

「「はい！　奥様ッ！」」

ティリア皇女が叫び、セシリー達は声を張り上げた。くふふ、とティリア皇女が笑う。背筋がゾクゾクするような笑みだ。

「私の使命は害虫駆除だ。自分がクロノのために何をできるかではなく、クロノが自分のために何をしてくれるかを考える害虫のな」

ティリア皇女が足を止め、こちらに視線を向けた。ドッと汗が噴き出す。運動によるものではない。クロノを意のままに操ろうとしていたことを見抜かれたのではないかという不安がもたらしたねとつく汗だ。

「世界で最も劣った生物であるお前達には名前などいらんな。相応しい名前をやろう。セシリー、お前には駄乳という名をくれてやる。無駄に栄養を胸に蓄え、無駄にでかい胸をしたお前に相応しい名前だ。嬉しいか？」

「はい！　奥様ッ！」

セシリーは声を張り上げた。胸は赤ん坊に栄養を与える神聖な器官だ。それを侮蔑されて嬉しい訳がない。くふふ、とティリア皇女は笑った。

「こ、この、だ、駄乳め。や、役立たずの駄乳めが。牛の方がミルクを出すだけ、マシだぞ。こ、この、だ、駄乳め。誰が駄乳だ！　クロノォォォォッ！　お前がして欲しいって言うからしたんじゃないか！　私は頑張ったんだ！　頑張ったんだぞ！」

「姫様、落ち着くみたいな」

「ちょっと休むみたいな」

ティリア皇女が頭を抱えて叫び、アリデッドとデネブが駆け寄った。肩に触れ、イスへと誘導する。その時、プッという音が響いた。ヴェルナが噴き出したのだ。ティリア皇女が動きを止め、つかつかとヴェルナに歩み寄る。

「お前の名前が決まったぞ」

そう言って、ティリア皇女は指でヴェルナの胸を小突いた。

「……まな板」

「――ッ！」

「まな板のように平坦な胸のお前に相応しい名前だ」

くふふ、とティリア皇女は笑い、壊れたようにまな板という言葉を繰り返した。不意に黙り込み、声を張り上げる。

「徹底的に可愛がってやるぞ！　泣いたり、笑ったりできなくしてやる！　立てなくなるまでスクワット！　立てなくなったら腕立て伏せだッ！　嬉しいか!?」

「「はい！　奥様ッ！」」

セシリー達は自棄っぱち気味に叫んだ。

※

深夜——セシリーはベッドに倒れ込んだ。頭がボーッとしている。思考が、いや、思考ばかりか記憶も曖昧だ。どうやって侯爵邸の地下にあるこの部屋までやって来たのかさえも定かではない。アリデッドとデネブに支えられてここまでやって来た記憶もあるし、自分で歩いてきた記憶もある。

俯せになったまま視線を巡らせる。地下だけあって部屋の雰囲気は陰鬱だ。家具も薄汚れたベッドとテーブル、イスしかない。テーブルの上を見る。誰かが持ってきてくれたのだろう。パンとスープが置いてあった。

セシリーはベッドから体を引き剥がし、のろのろとテーブルに歩み寄る。頽れるようにイスに座ると、ガタッという音が響いた。顔を上げる。すると、対面の席にヴェルナが座っていた。ひどい顔をしているが、それはセシリーも同じだろう。

パンを手に取る。だが、一日中働き続けたせいか、それとも黴臭く湿った空気のせいか食欲が湧かない。それでも食べなければ体が保たない。パンを二つに割り、一方に齧り付く。不味い。冷えて硬くなっている上、パサついている。ならばとパンをスープに浸すが、冷えた脂のざらついた食感が加わっただけだった。

セシリーは何度も吐きそうになりながら食事を終え、イスから立ち上がった。ふらつきながらベッドに歩み寄り、先程と同じように倒れ込む。悲しくもないのにほろりと涙が零いた。

れた。手の甲で涙を拭い、ヴェルナを見る。すると、彼女は仰向けにベッドに横たわって

「いつまでこんなことが続くんですの？」

「まだ初日なのに何言ってんだよ」

俯せになったままぼやくと、ヴェルナがうんざりしたように言った。

「わたくしは貴族ですのよ？　それなのに……」

「だったらさっさと家に帰りゃいいじゃねーか」

「それができたら――」

とっくにそうしてますわ、と言おうとして思い直す。家に帰ることはできなくてもここを抜け出して兄にティリア皇女の、ひいてはクロノの横暴を訴えることはできるのではないかと思ったのだ。だが、ここは敵地だ。一人で抜け出すのは難しい。協力者が必要だ。ヴェルナに話し掛ける。

「貴方は逃げ出そうと思いませんの？」

「思わねぇ。つか、そもそも逃げる場所なんてねーし」

「ならば逃亡後の生活についてはわたくしが保証しますわ」

「止めとく」

「何故ですの⁉　こう言っては何ですけれど、貴方のような平民にとっては一生に一度あるかどうかのチャンスではなくて？」

「一生に一度あるかどうかって詐欺師の常套句かよ」

「わたくしは詐欺師ではありませんわ！」

セシリーは体を起こして叫んだ。しまった。つい大声で叫んでしまった。ごほん、と咳払いをして再びベッドに俯せになる。

「で、どうですの？」

「だから、逃げねーって」

改めて尋ねるが、ヴェルナの答えは変わらなかった。

「今はこんなんだけど、ここは本当にいい職場なんだぜ。飯は出るし、寝床もある。希望すりゃ読み書きまで教えてもらえる。帝都にいた頃に比べりゃ天国だよ。それにクロノ様にゃ恩義がある」

「どんな恩ですの？」

「雇ってもらった恩に決まってんだろ。一度会っただけのあたしにそんだけしてくれた人を裏切れねーよ」

　あと、とヴェルナは続けた。

「あたしを上手く利用してやろうって魂胆が気に入らねぇ」

「平民風情がわたくしを侮辱するつもりですの⁉　取り消しなさいッ！」

「んだと？　やる気か、てめぇ？」

セシリーが起き上がって叫ぶと、ヴェルナはベッドから下りて拳を構えた。喧嘩をすれば間違いなくペナルティーを科せられる。だが、それがどうしたというのか。貴族には戦わなければいけない時がある。セシリーはベッドから下りて掌底を構えた。

「行儀の悪い犬っころを躾けて差し上げますわ」

「上等だ！」

ヴェルナは叫ぶと拳を構えたまま突っ込んできた。本来ならばもっと速いのだろう。だが、スクワットと腕立て伏せの影響が残っている今は呆れるほど遅い。ヴェルナが拳を繰り出す。華麗なフットワークで躱そうとしたが、できなかった。体が鉛のように重い。そう、セシリーにもスクワットと腕立て伏せの影響が残っていたのだ。それでも、軍にいた頃であればもっと動けただろう。

こんな所で鍛錬を怠ったツケを払うことになるなんて、と内心歯噛みする。ギリギリ、本当にギリギリの所で拳を躱し、掌底を繰り出す。狙いは顎だ。掌底が顎を捉え、ヴェルナが前のめりに倒れる。喧嘩を売ってきたからどれほどのものかと思えば他愛のない。勝利を確信したその時、悪寒が這い上がった。

視線を落とし、ハッとする。ヴェルナの目はまだ死んでいなかった。一撃で意識を断てなかったのだ。ヴェルナの手が伸び、セシリーは跳び退ろうとした。だが、できなかった。ベッドがすぐ後ろにあったのだ。

このままではタックルをまともに喰らってしまう。後ろには逃げられない。ならば、とセシリーは足を踏み出した。激突し、縺れ合うように床に倒れる。痛い。痛いが、すぐに起きて馬乗りになる。セシリーはヴェルナを見下ろして嗤った。

「泣いて謝るのなら許して差し上げますわ」

「そう――かよッ！」

キャッ、とセシリーは悲鳴を上げた。ヴェルナが髪を引っ張ったのだ。顔面に拳を叩き込むが、髪を引っ張られているせいで力が入らない。

「この卑怯者！」

「喧嘩に卑怯もクソもあるか！　勝ちゃいいんだよッ！」

さらに強く髪を引っ張られる。だが、セシリーは何とか堪えた。再び顔面に拳を叩き込むが、ヴェルナは髪を放そうとしなかった。その夜、セシリーとヴェルナは力尽きるまで殴り合った。

※

二日目早朝――。

「この、虫め。お前達には汚れた服を洗濯するという発想がないのか」

セシリーとヴェルナが満身創痍の体を引き摺るようにして集合場所――会議室に入るなり、ティリア皇女は吐き捨てた。もちろん、洗濯するという発想はある。だが、昨夜は喧嘩をしたせいで洗濯ができなかったのだ。だが、それを口にしても『言い訳をするな！』と切って捨てられるのがオチだ。

「罰としてスクワットだ」

「「はい、奥様」」

「昨日教えたことをもう忘れたのか⁉　腹から声を出せッ！」

「「はい！　奥様ッ！」」

ティリア皇女が大声で叫び、セシリー達は半ば自棄になって叫んだ。頭の後ろで腕を組み、膝を屈める。そこでアリデッドとデネブがいないことに気付いた。アリッサはといえばティリア皇女の背後に控えている。

「今日はアリッサにカウントさせる。アリッサ、頼んだぞ」

「承知いたしました」

アリッサは恭しく一礼して前に出た。咳払いをしてゆっくりとカウントを始める。ティリア皇女は最初こそ満足そうな表情を浮かべていたが、それはすぐに落胆しているかのような表情に変わった。

「も、もう、駄目だ！」

「……もう駄目ですわ」

ヴェルナが尻餅をつき、やや遅れてセシリーも尻餅をついた。本当はまだ余裕があるが、自分だけスクワットをやるのは馬鹿らしい。

「皇女殿下、二人とも体力の限界のようです」

「ふむ、そのようだな」

アリッサの言葉にティリア皇女は神妙な面持ちで頷き、つかつかと歩み寄ってきた。立ち止まり、セシリーを見下ろす。余力を残しているのがバレたのかと思ったが、ティリア皇女は無言で床を踏み鳴らした。

「這い蹲って床を磨け」

「「はい！　奥様ッ！」」

セシリー達は声を張り上げ、這い蹲った。雑巾もないのにどうやって床を磨けばいいのだろう？　という当然といえば当然の疑問が脳裏を過る。それはアリッサも同じだったようだ。困惑しているかのような表情を浮かべている。

ティリア皇女が再び床を踏み鳴らす。

「この硬い床をクロノだと思い、その無駄にでかい胸と平坦な胸で磨き上げろ。言うなればご奉仕だ。胸でクロノにご奉仕しろ」

「――ッ！」

ありったけの憎悪を込めて睨み付けるが、やはりティリア皇女は何の痛痒も感じていないようだった。それどころか、賛辞を受けているかのように誇らしげな表情を浮かべている。精神構造が違う。

「まだ余裕があるのに限界のふりをする卑怯者にはお似合いのペナルティーだと思わないか？　なあ、駄乳？」

ぐッ、とセシリーは呻いた。呻くしかない。

「さあ、尻を突き上げて床にご奉仕しろ。その胸が飾りじゃない所を見せてみろ」

「はい！　奥様ッ！」

セシリーは自棄になって叫び、ご奉仕を始めた。

「まあ、こんなものだろう。明日はきちんとメイド服を洗っておけ」

「「はい、奥様っ！」」

ティリア皇女とアリッサが会議室から出て行き、セシリーとヴェルナはへなへなとその場に座り込んだ。ぼんやりと床を眺める。できればずっとこうしていたいが、そういう訳にもいかない。部屋に戻って食事を摂り、メイド服を洗わないといけない。立ち上がろうとした次の瞬間、腰に激痛が走った。痛みを堪えきれず尻餅をつく。もう一度立ち上がろうとするが、腰が痛くて立ち上がれなかった。当然か。一日中尻を突き上げる姿勢を取らされていたのだ。

※

深夜――。

「くそッ、普通に仕事してりゃもっと早く終わってんのに」

ヴェルナは吐き捨て、四つん這いで壁に向かった。壁に縋り付くようにして立ち上がり、会議室を出て行く。彼女の真似をするのは嫌だったが、いつまでも座り込んでいる訳にはいかない。四つん這いで壁に近づき、壁を支えに立ち上がる。腰の痛みで膝ががくがくと震えたが、何とか立ち上がることができた。

普段の何倍も時間を掛けて会議室を出ると、楽しげな声が聞こえた。クロノとヴェルナの声だ。無視して地下に向かおうと思ったが、思い直す。ティリア皇女はクロノの意向を受けて動いているはずだ。となれば見つかったら理不尽な命令をされる可能性が高い。逃げているみたいで面白くないが、壁の陰に隠れて様子を窺う。

「へ～、そんなことがあったんだ」

「ホント、連帯責任なんてマジで勘弁して欲しいぜ。あたしが真面目に仕事をしてもセシリーがヘマしたら意味ねーしさ」

「責任感を学ばせるつもりだったんだけどね」

「あたしが一方的に割食ってるだけで、責任感を学んだようには見えねーけど？」

「ごめん、もうちょっとだけ我慢して」

「まあ、クロノ様が言うなら我慢するけどさ」

貴方だって反抗的な態度を取ってわたくしに迷惑を掛けたじゃありませんの。それをよくも、とセシリーは唇を噛み締めた。だが、それが平民というものだ。プライドがないから平然と嘘を吐く。だから、貴族が導いてやらねばならないのだ。

「ヴェルナがセシリーをフォローしてくれると嬉しいな」

「でも、セシリーってそういうの嫌がりそうじゃん。『貴族であるわたくしが平民の情けを受けるなんて』とか言ってさ」

「はは、上手い上手い」

何処が上手いんですの!? とセシリーは壁に爪を食い込ませた。それにしても、なんて優しい声で話すのだろう。セシリーには一度もあんな風に話し掛けてくれなかったのに。いや、あれがクロノの手なのだ。ああやって女を口説いているのだ。ヴェルナのような鶏ガラみたいな女でもいいなんてほとほと見下げ果てた男だ。そんなことを考えている間に会話は終わり、二人はその場を立ち去った。

セシリーは会議室から出て、地下に向かって歩き出した。その時、気配を感じた。振り返ると、シンプルなネグリジェを着たフェイが立っていた。湯浴みを終えたばかりなのだろう。髪は湿り気を帯び、ラベンダーの香りが漂っている。それに比べて自分はどうだろう。メイド服は汚れ、汗の臭いもひどい。

フェイがそっと視線を逸らし、セシリーは血が逆流するような感覚を覚えた。

「何か言ったらどうですの?」

「……」

フェイは答えない。それが怒りを煽る。

「貴方を馬糞女と馬鹿にし続けたわたくしがこの有様ですわ。いい気味だと嗤えばよろしいんじゃなくて？　それとも、わたくしには嗤う価値もありませんの？」

「……」

セシリーは感情を爆発させて捲し立てた。だが、フェイは答えない。無言で視線を逸らしている。沈黙が舞い降りる。息が詰まるような沈黙だ。長い長い沈黙の後でフェイが静かに口を開いた。

「どうして、こんなことになってしまったのでありますかね？」

「知りませんわッ！」

セシリーは大声で叫んだ。どうして、こんなことになってしまったのか。ほんの一年前までセシリーは近衛騎士だった。それが今や行儀見習いという名の、それも兄が押しつけるようにして差し出した望まれない人質だ。クロノが女として求めてくれればまだ救いがあった。そうすれば見下すことができたのだ。だが、セシリーは女としてさえ求められなかった。きっぱりと拒絶された。

セシリーは坂道を転げ落ちるように落ちぶれていったのに馬糞女と馬鹿にしていたフェイは部下を率いる立場になっている。それも家柄やクロノの愛人という立場を利用してではない。人柄と実力で部下を従えている。

「もう、行くであります」

「――ッ！」

呼び止めようと口を開く。だが、舌がもつれるばかりで意味のある言葉は出てこなかった。口を閉じて拳を握（にぎ）り締める。そうしなければ泣き出してしまいそうだった。

※

気分が落ち着くのを待って地下の部屋に戻ると、ヴェルナが席に着いていた。テーブルの上にはパンとスープが置かれているが、まだ手を付けていないようだ。不審（ふしん）に思いながら食事をすべくテーブルに向かうと、ヴェルナが口を開いた。

「まあ、座れや」

「……」

最初から座るつもりだったのにうんざりした気分になる。セシリーは無言で席に着き、パンに手を伸ばした。

「昨夜の件なんだけど……。まあ、何だ。あたしが、じゃなくて、あたしも悪かったよ」

「……」

無言でパンを千切り、口に運ぶ。

「いや、あのさ。もうちょっと効率的に仕事しね？」

「……」

ヴェルナがおずおずと切り出すが、セシリーは無言で食事を続けた。なるほど、そういうことか。彼女はクロノの言葉を守ろうとしているのだ。

「分からないことがあったらあたしが色々と教えるしさ」

「少し黙って下さらない？」

「お、おう、黙るぜ」

ヴェルナは口を噤み、スプーンを手に取った。沈黙が舞い降りる。ピリピリとした雰囲気の沈黙だ。食事を終え、立ち上がる。その時、部屋の隅に大きな盥と水瓶が置かれていることに気付いた。これでメイド服を洗えということだろう。

「なあ、話の続きなんだけど？」

「また今度にして下さらない？　今日は疲れてるんですの」

セシリーはうんざりした気分で返した。メイド服を脱いで盥に投げ入れて水を注ぐ。これからメイド服を洗わなければならない。これだけでもうんざりしているのにヴェルナの相手までしなければいけない。どんな罰ゲームだと思う。ヴェルナがイスから立ち上がり、近づいてくる。

「いやいや、今じゃないとダメなんだって。何なら服を洗いながらでもいいからさ」

「疲れていると言いましたわ」

「止めた！」

やはりうんざりした気分で言うと、ヴェルナは苛立ったように言った。

「ったく、クロノ様が言うから面倒を見てやろうと思ったのに」

「面倒を見て欲しいなんて頼んでませんわ！」

「そーかよ！　もう勝手にしろッ！」

ヴェルナは怒鳴るとベッドに横になった。もう話したくないと言わんばかりにこちらに背を向ける。ふん、とセシリーは鼻を鳴らして跪いた。腰の痛みに耐えながらメイド服を洗う。アリッサから洗い方は教わっていたが、なかなか汚れが落ちない。このままではまた床へのご奉仕を強要される。焦りと苛立ち、惨めさが募る。

多少はマシというレベルにまで汚れを落とし、セシリーはベッドに潜り込んだ。そして、声を殺して泣いた。

※

三日目早朝——セシリーは憂鬱な気分で目を覚ました。幸いというべきか、腰の痛みは昨日に比べて和らいでいる。昨夜洗ったメイド服に視線を向け、目を見開く。メイド服の汚れが落ちていたのだ。もう一つのベッド——ヴェルナに視線を向ける。ヴェルナはベッドに座り、不機嫌そうな顔でこちらを見ていた。

「何だよ？」

「礼は言いませんわ」

「別に、礼を言われたくてやった訳じゃねーからいいけどよ。洗濯もできねーんならべそべそ泣く前に相談しろよ」

「わたくしは教わった通りに洗濯しましたわッ！」

「あの汚れは手で洗っただけじゃ落ちねーよ。洗濯板と石鹸を使わねーと」

「洗濯板？」

「あれだよ」

セシリーが鸚鵡返しに呟くと、ヴェルナは部屋の隅を指差した。視線を向ける。盥と水瓶の近くに板があった。凹凸がついた長方形の板だ。昨夜は部屋になかったはずだ。それ以前に——。

「あんなもの見たことがありませんわ」

「そりゃクロノ様の発明だからな。あたしも侯爵邸で働くまで見たことねーし」

「そもそも洗濯板を使うだなんて教わってませんわ」

「あたし達を試したんだろ」

ヴェルナはベッドから下りると手早くメイド服を着た。ぼりぼりと頭を掻く。

「さっさと仕事に行こうぜ」

「わ、分かりましたわ」

ベッドから下り、メイド服を着る。平民に、それも年下の子どもの力を借りなければ洗濯一つこなせない。ひどく情けない気分だった。

※

セシリー達が会議室に入ると、ティリア皇女は残念そうな表情を浮かべた。多分、汚れたメイド服で来ることを望んでいたのだろう。自分の力ではないが、ティリア皇女の目論見を潰すことができた。溜飲が下がる思いだ。ティリア皇女の背後に控えるアリッサはといえばほんの少しだけ口元を綻ばせていた。

「今日も掃除からだ」

「「はい！　奥様ッ！」」

ティリア皇女がつまらなそうに言い、セシリー達は声を張り上げた。会議室の掃除が始まると、ティリア皇女はますます残念そうな表情を浮かべた。ティリア皇女が罵倒するよりも速くヴェルナがセシリーに指示を出したからだ。

ペナルティーを回避できるのはありがたいし、ティリア皇女の目論見を潰せて胸がすく思いだが、正直にいえば面白くない。というのも『もっとテキパキ動け』だの、『二人で固まってても仕方がねーからあっち行け』だの、『一人じゃ家具を持ち上げらんねーだろ』だの、遠慮の欠片もなかったからだ。しばらくして――。

「つまらんな」

「皇女殿下……」

ティリア皇女がぼそっと呟き、アリッサが困ったような表情を浮かべた。

「今日はまだ一度も罵倒できていない。使ってみたい言い回しがあったのに」

「喜ばしいことです」

ティリア皇女は小さく溜息を吐いた。

「アリッサから見て、二人は及第点に達しているか？」

「まだ教育は必要かと存じます」

　う～む、とティリア皇女は唸り、ポケットからメモを取り出した。メイド教育の最中に頻繁に見ていたメモだ。アリッサに手渡し、足を踏み出す。

「あとは任せる」

「どちらに？」

　アリッサが問いかけると、ティリア皇女は立ち止まった。

「剣術の稽古だ。二日もサボってしまったからな」

「承知いたしました」

「では、頼んだぞ」

　そう言って、ティリア皇女は会議室を出て行った。アリッサが静かに口を開く。

「ティリア皇女は出て行かれましたが、メイド教育は継続いたします」

「「はい！　教官殿ッ！」」

　セシリー達が声を張り上げると、アリッサはくすッと笑った。

「効率的に仕事をし、今日は温かな食事を食べられるようにしましょう」

「「はい！　教官殿ッ！」」

　セシリーは優しい言葉に身を震わせ、声を張り上げた。もちろん、これが飴と鞭――その飴の方であることは分かっている。だが、そうと分かっていても抗えない暴力的な甘さがそこには あった。

※

夕方──アリッサがある扉の前で立ち止まる。侯爵邸の四階にあるクロノの執務室の扉だ。静かにこちらに向き直る。

「今日は旦那様の執務室を掃除して終了にしましょう」

「「はい、教官殿」」

アリッサの言葉にセシリー達は頷いた。これまでのことを思い出す。効率的に仕事をするというアリッサの言葉に偽りはなかった。指示も的確で、ちょっとしたことで誉めてくれるのも嬉しい。温かな食事も食べられた。だからだろう。注意も素直に受け入れることができた。いや、もうアリッサに逆らおうという気さえなくなっていた。

アリッサが扉に向き直り、扉を叩く。ややあって、どうぞ！　という声が響いた。クロノの声だ。アリッサが扉を開け、口を開く。

「旦那様、執務室の掃除に参りました」

「分かった」

「失礼いたします」

アリッサが恭しく一礼して中に入り、セシリー達も後に続いた。クロノは机に向かって仕事をしていたが、イスから立ち上がると壁際に移動した。

「お疲れ様」

「これが私の仕事ですから」

「それでも、お疲れ様」

アリッサが小さく微笑み、掃除が始まった。どんな嫌がらせをされるのか心配だったが、セシリーの心配は杞憂にすぎなかった。いや、アリッサやヴェルナにはしきりに話し掛けているのにセシリーには一度も話し掛けてこないので、これも嫌がらせの範疇に含まれるだろうか。とはいえ、まだ仕事に不慣れな身だ。仕事に専念できると考えて掃除を進める。

客室の何倍も時間を掛けて掃除を終え、アリッサ達と部屋を出て行こうとしたその時――。

「セシリーは残って」

「――ッ！」

クロノに呼び止められ、セシリーは立ち止まった。アリッサに視線を向ける。

「教官殿？」

「廊下で待っています」

「分かりましたわ」

アリッサはヴェルナと執務室を出ると扉を閉めた。セシリーは小さく息を吐き、振り返った。クロノに歩み寄り、目の前で立ち止まる。沈黙が舞い降りる。不快な沈黙だ。しばらくしてクロノが口を開いた。

「仕事はどう？」

「報告くらい受けているのではなくて？」

セシリーが問い返すと、クロノはぼりぼりと頭を掻いた。

「もう少し素直になっていると思ったのに」

「お生憎様、あの程度でわたくしの心は折れませんわ」

「そうみたいだね。逃げ帰ってくれるとありがたかったんだけど……」

それが本心ですのね、とセシリーはクロノを睨み付けた。恐らく、昨夜の会話はヴェルナを気持ちよく働かせるためだったのだろう。

「正直、ここまで頑張るとは思わなかったよ」

「そう思うのでしたらもっと嬉しそうな顔をした方がよろしいのではなくて？」

セシリーが皮肉を返すと、クロノは苦笑じみた笑みを浮かべた。クロノの思い通りにならなかった。胸がすく思いだ。これだけでもメイド教育を受けた意味があるような気がする。これからも嫌がらせをしてくるだろうが、そのたびに落胆させてやればいい。

「話はそれで終わりですの？」

「大体ね」

「ならば退室させて頂きますわ」

「うん、頑張って」

セシリーはクロノに背を向け、扉に向かった。ドアノブに手を伸ばしたその時、クロノがぽつりと呟いた。

「まあ、これからも劣等感を刺激されることはあるだろうけど……」

「——ッ！」

セシリーはハッとして振り返った。

「取り消しなさい！」

「そんなに怒らなくてもいいよ。全部、分かってるから」

「何を分かっていると言うんですの？」

セシリーは震える声で尋ねた。戯れ言だ。セシリーはハマル子爵家——高貴な血を引く人間だ。元とはいえ近衛騎士団にも所属していた。劣等感を抱く要素などない。今までの仕返しに揺さぶりを掛けているだけだ。

だが、どうしてだろう。心臓が早鐘を打ち、気分が落ち着かない。この場から逃げ出したくて仕方がない。いや、殴るべきだ。殴ってでも口を封じるべきだ。だというのにクロノが足を踏み出すと同時にセシリーは後退っていた。一歩、また一歩と後退して壁際まで追い詰められる。横に逃れようとするが、クロノの腕に阻まれる。

「セシリーって、やたらと貴族の誇りに拘るよね？」

「わたくしが貴族の誇りに拘って何が悪いんですの？」

「それってさ、自分が凡人だって分かってるからじゃないの？」

「お黙りなさい！」

セシリーは手を振り上げた。もちろん、クロノを引っぱたくためだ。だが、できなかった。クロノがくだらないものを見るような目で見ていたからだ。まるで邪視――呪いの目だ。けれど、それはクロノの力ではない。呪いの源はセシリーにあり、クロノは切っ掛けにすぎない。

「わ、わたくしは近衛騎士でしたわ」

「でも、とびきり優秀って訳じゃない」

グッ、とセシリーは呻いた。クロノの言う通りだ。一般兵に比べれば優秀だという自負はある。だが、近衛騎士の中では平均的な——下手をすればそれ以下の能力しかない。それでも、ハマル子爵家の人間として結果を出すことを求められた。

「だから、評価される前に逃げたんでしょ？　評価されると自分が優秀じゃないって確定しちゃうから。でもさ、評価からは逃げられても自分からは逃げられないよ。だって、自分なんだもの。何処までも付いて来るよ」

あ、とセシリーは声を上げた。捕まったと思った。ずっと、ずっと受け入れられなくて目を逸らし続けてきた事実に捕まった。いや、まだだ。まだ大丈夫だ。まだ心の底にあるものから目を背けられる。セシリーはそっとクロノの腕に触れた。

「話は終わりですわね？」

「とりあえず、ね」

そう言って、クロノはセシリーから離れた。平静を装いながらクロノに背を向ける。だが、心は千々に乱れていた。今回は心の底まで見透かされずに済んだ。けれど、そう遠くない内に見透かされる予感があった。

どうすればいいのだろう。殺して口を封じることはできない。そんなことをしたら貴族としての名誉も失ってしまう。ハマル子爵領に逃げることもできない。逃げ帰っても門は閉ざされている。

今、考えていることも見透かされているのではないかと不安になる。どうして、クロノに近づいてしまったのかと後悔の念が湧き上がる。クロノは凡人だ。セシリーと同じように自身の限界を知る人間だ。だからこそ、セシリーを理解する。観察し、経験と照らし合わせて隠していた事実を暴き立ててしまう。

どうすれば、と自問しても答えは出てこなかった。

※

七日目昼過ぎ——食堂にペパーミントの爽やかな香りが漂う。ティリアが席に着いたまま視線を横に向けると、アリッサがトレイを持って近づいてくる所だった。だが、ティリアのもとにはやって来ない。先に対面の席に座るクロノのもとに向かう。アリッサが主人と定めているのはクロノなので仕方がない。

「旦那様、どうぞ」

「ありがとう」

アリッサがテーブルにティーカップを置くと、クロノは優しい声で礼を言った。いえ、とアリッサははにかむような笑みを浮かべ、クロノから離れた。次にティリアのもとにやって来てティーカップをテーブルに置く。

「皇女殿下……」

うむ、とティリアは鷹揚に頷き、ティーカップを手に取った。口元に近づけ、ペパーミントの香りを愉しむ。ズズーッという音が響く。クロノが香茶を啜った音だ。音を立てるなど普段ならば言う所だが、今日は気にならない。普段と違うことに気付いたのだろう。クロノはティーカップをテーブルに置くとこちらに視線を向けた。

「機嫌がよさそうだけど、何かいいことでもあったの？」

「うむ、セシリーのメイド教育が終わったんだ」

「へ〜、そうなんだ」

クロノは興味なさそうに相槌を打ち、ズズーッと香茶を啜った。

「それだけか？」

「それだけって？」

「他に何か言うべきことがあるんじゃないか？」

たとえば『流石、ティリアだ』とか、『僕のお嫁さんはティリアしかいないね』などの賞賛の言葉だ。ああ、とクロノが声を上げる。ティリアはちょっとだけ胸を張って賞賛の言葉を待った。

「そういえばあの訓練方法なんだけど……」

うん？　とティリアは首を傾げた。

「有名な映画――要するに物語が元ネタなんだけど、作中で訓練に耐えられなかった新兵が精神に異常を来して教官を殺して自分も死ぬんだよね」

「おま――ッ！　どうして、そんな大事なことを今になって言うんだ⁉」

「聞かれなかったし」

「そういうことは聞かれなくても言え！」

クロノがしれっと言い、ティリアは声を荒らげた。ふと三日目あたりからセシリーが素直になったことを思い出す。もしかして、あれは精神に異常を来していたのだろうか。いや、そんなはずはない。ティリアはアリッサに視線を向け、おずおずと話し掛けた。

「セシリーの調子はどうだ？」

「特に変わりはないようでしたが……」

そうか、とティリアは胸を撫で下ろした。ただ、とアリッサが続け、ティリアは心臓を鷲掴みにされたような衝撃を覚えた。

「た、ただ、何だ？」

「最近になって独り言が増えたような気がします」

「――ッ！」

ティリアは目の前が急に暗くなったような感覚を覚えた。震える手でティーカップを取り、香茶を飲む。ペパーミントには鎮静効果があるはずなのに手の震えは収まらなかった。その時、足音が聞こえた。ティーカップをテーブルに置き、剣の柄に触れる。しばらくしてセシリーとヴェルナが食堂に入ってきた。

「なんだ、掃除しようと思ったのに使ってたのかよ」

「ヴェルナさん……」

セシリーがヴェルナに声を掛けた。

「その言葉遣いは旦那様と奥様に失礼ですわ」

「――ッ！」

セシリーが優しげな声で言い、ティリアは息を呑んだ。遅かった。映画とやらと同じ結末を辿ってしまった。いや、まだだ。ヴェルナ、とティリアは手招きした。すると、ヴェルナは不承不承という感じで近づいてきた。

「何の用だよ？」

「あ、うん、セシリーの様子はどうだ？」

「見ての通りだよ。独り言が多いな～って思ってたんだけど、今朝起きたらあんな感じになってた。でも、まあ、仕事はテキパキこなすし、注意しても素直に従ってくれるしで一緒に働く分には何も問題ねーよ」

そうか、とティリアは頷いた。クロノの――精神に異常を来してという言葉が重くのし掛かる。名ばかりのお嫁さんじゃない所を見せるつもりでとんでもないことをしてしまった。ハマル子爵にどう詫びればいいのだろう。どうしよう、とセシリーに視線を向ける。するとと、彼女ははにかむような笑みを浮かべた。

「セシリー？」

「奥様、何かご用ですの？」

名前を呼ぶと、セシリーがしずしずと歩み寄ってきた。ティリアは剣の柄に触れた。いざという時は身を守らねばならない。

「私のことを恨んでいるか？」

「わたくしが奥様を恨むだなんてとんでもありませんわ。むしろ、感謝してますの。傲慢なわたくしに謙虚さを教えてくれたんですもの。生まれ変わったような気分ですわ」

「ヤべぇ……」

ふふふ、とセシリーが笑い、ヴェルナが後退った。ティリアはしげしげとセシリーを眺め、香茶を飲んだ。

「まあ、これならいいか」

「何処がいいんだよ？　頭の中が残念なことになってるじゃねーか」

ティリアがカップを置いて言うと、ヴェルナから突っ込みが入った。

「一緒に働く分には問題ないんだろう？」

「働く分には問題ねーけど、あたしは同室なんだよ。頭の中が残念なことになったヤツと一緒に過ごせるかよ。つか、あいつの家族に何て報告するんだよ」

「ハマル子爵は感謝してくれるんじゃないか？」

「しねーよ。何処の世界に妹の頭の中が残念なことになって感謝する兄貴がいんだよ」

「逆に考えろ。今までのセシリーがおかしくて、今のセシリーが正常なんだ。私はハマル子爵に問い質されても最初からこうだったと言い張る。だから、お前も最初からこうだったと言い張れ。職を失いたくないだろ？」

「そりゃそうだけど……。悪化したらどうするんだよ？」

「それは……。その時に考えればいいんだ」

ティリアは口籠もり、未来の自分に全てを託すことにした。震える手でティーカップを取り、口に運ぶ。香茶を飲み、ほぅと息を吐く。

「ヴェルナも飲むか？　ペパーミントには鎮静効果がある」

「お、おう、頂くぜ」

「おかしな奥様とヴェルナさん」

セシリーがくすくすと笑い、ティリアは絶望的な気分になった。こんなことになるなら女将に協力してもらえばよかった。

「セシリー、ちょっといい？」

「何かご用ですの？」

セシリーが柔らかな笑みを浮かべてクロノに歩み寄る。だが、ティリアにはセシリーの柔らかな笑みが狂気の産物に見えて仕方がなかった。

「少し雰囲気が変わったね」

「旦那様と奥様のお陰ですわ」

ふ〜ん、とクロノは相槌を打ち、セシリーのお尻を触った。何を!?　と思わず立ち上がる。だが、セシリーは柔らかな笑みを崩さない。

「旦那様、いけませんわ」

「今夜、僕の部屋に来ない？」

「クロノ！」

「あら？　奥様が怖い顔で見てますわ」

声を荒らげる。だが、セシリーはやはり柔らかな笑みを崩さない。

「で、どうなの？」

「わたくしを部屋に呼んで何をなさるつもりですの？」

「耳を……」

「承知いたしました」

クロノが手招きする。すると、セシリーは耳をクロノの口元に寄せた。クロノの口が動き、セシリーの表情が強ばる。そして——。

「変態ッ！」

セシリーは大声で叫び、クロノを突き飛ばすようにして距離を取った。何を囁かれたのか耳まで真っ赤になっている。

「こ、ここ、この——ッ！　卑しい傭兵の息子風情がそんなことをわたくしに——貴方は女を何だと思ってますの!?」

「慣れない演技、ご苦労様」

「演技だと分かっているならお尻を触らないで下さいまし！　そ、そそ、それに、わたくしにあんな卑猥なことを……」

セシリーは顔を真っ赤にして言うと耳に触れた。クロノの口元に寄せた方の耳だ。

「『演技？』」

「——ッ！」

ティリアとヴェルナの声が重なる。すると、セシリーがハッとしたようにこちらに視線を向けた。流石にバツが悪いのだろう。俯いて肩を震わせている。しばらくそうしていたが——。

「不愉快ですわ！」

「お、おい！　仕事はどうすんだよ⁉」

セシリーが食堂を出ていき、ヴェルナが後を追った。ティリアはホッと息を吐く。クロノがお尻を触った時は面喰らったが、セシリーの頭が残念なことになっていなくてよかった。本当によかった。それにしても——。

「どうして、セシリーはあんな演技をしたんだ？」

「従順なふりをして取り入ろうとしたんじゃない？　よく分からないけど……」

ふ～ん、とティリアは相槌を打った。

「ところで、あれが演技じゃなかったらどうするつもりだったんだ？」

「美味しく頂きます」

「演技を貫き通したら？」

「それはそれで美味しく頂きます」

「お前というヤツは……」

ティリアは深々と溜息を吐き、ティーカップを手に取った。クロノがセシリーに何を囁いたのか少しだけ気になったが、怖いことになりそうだったので聞かないことにした。

# 第三章『和解』

帝国暦四三一年十一月下旬早朝——夢を見ている。闇の中に立ち、見つめられる。そんな夢だ。人間に見つめられる夢ならば普通の範疇に含まれるだろう。だが、自分を見ているのは虚空に浮かぶ巨大な眼球だ。つまり、セシリーは悪夢を見ている。悪夢だからだろう。視線は触手と化して体に絡みつき、誰にも触れさせたことのない領域を執拗に舐っている。いや、違うか。侵入する方法を探るために触れている。

触手の目的が何であれ、おぞましいことに変わりはない。現実であれば触手に絡みつかれる前に斬り捨てるか逃げるかしているだろう。だが、これは夢だ。現実ではない。今の自分にできることは触手に舐られるおぞましさに耐え、不可侵の領域に侵入しないことを祈ることだけだ。だが、いずれ触手は不可侵の領域に侵入する術を見つけ、その入り口をこじ開け、侵入してくるだろう。そんな確信にも似た思いがある。だから、きっと無意味なのだ。不意に触手が動きを止め——。

「——ッ！」

セシリーは飛び起きた。悪夢を見たせいだろう。全身がぐっしょりと汗に濡れ、呼吸が乱れている。呼吸が落ち着くのを待ち、視線を巡らせる。そこは侯爵邸の一室だった。といっても地下にある部屋ではない。二階にある使用人用の部屋だ。二人部屋というのが気に入らないが、地下に比べれば天国だ。家具は揃っているし、窓を開ければ新鮮な空気が入ってくる。これも飴と鞭の一環なのだろうが、ここまで露骨だといっそ清々しい。まあ、地下に戻される可能性があるので笑ってばかりはいられないのだが——。

んーッ！　と背筋を伸ばし、ベッドから下りる。汗で濡れたネグリジェを脱ぎ、化粧台に歩み寄る。桶の底にタオルを敷き、水差しの水を注ぐ。タオルを絞って顔を拭く。それからブラジャーを外して体を拭く。本当は湯浴みをしたいが、下っ端メイドにすぎない身には許されない贅沢だ。夜勤担当者はもらい湯を許されているそうなので、それまで我慢するしかない。

ふと動きを止め、鏡を見つめる。鏡には粗末なショーツを身に着けたセシリーの姿が映っている。両手で胸を左右から押し上げてみる。それなりに重量感があり、軍を辞めるまで鍛錬を続けていたお陰か形もいい。駄乳ではありませんわよね？　と体を捻る。おっぱいは赤ん坊にミルクを与えるための神聖な器官だ。その時のために栄養を蓄えているのだから駄乳などという表現は侮辱がすぎる。

それにしても、あの時——メイド教育中のティリア皇女の叫びは何だったのだろう。クロノは何を頼み、ティリア皇女は何を頑張ったのか。クロノが母乳を飲ませて欲しいと頼み、ティリア皇女が母乳を出すために頑張ったと考えると筋が通る。筋が通るだけだ。考えるだけ無駄ですわね、とタオルを化粧台の脇にある小さな洗濯籠に入れ、ブラジャーを着け、メイド服に着替える。髪を梳かしてヘッドドレスを付けて完成だ。ヴェルナに視線を向ける。彼女はまだ眠っている。深々と溜息を吐き、ベッドに歩み寄る。

「ヴェルナさん、朝ですわよ？　早く起きないと朝食に間に合いませんわよ？」

「もうちょい……」

肩に触れて揺らすと、鬱陶しそうに振り払われた。もう！　と腰に手を当てる。メイド教育を受けていた頃の方がよほどしっかりしていた。どうやら彼女はペナルティーがなくなると、とことん自堕落になってしまうらしい。

「じゃあ、わたくしは先に行きますわよ？」

「う～、分かった」

ヴェルナが呻くように言い、セシリーは深々と溜息を吐いた。本当に分かっているのか甚だ疑問だ。

※

美味しそうな匂いですわね、とセシリーは廊下の途中で立ち止まり、スンスンと鼻を鳴らした。視界の隅でツインテールの少女——経理担当が壁にがっつんがっつん頭をぶつけていたが、無視する。経理担当とは話したことがないし、気が強いと聞いている。下手に接点を持てば喧嘩になりかねない。距離を取るのが一番だ。

そんなことを考えていると、背後からバタバタという音が響いた。肩越しに視線を向けると、ヴェルナが駆けてくる所だった。セシリーの隣にやって来ると立ち止まり、呼吸を整える。呼吸が落ち着き——。

「どうして、起こしてくれなかったんだよ⁉」

「あら、わたくしは起こしましたわよ」

ヴェルナが文句を言い、セシリーはちょっとだけムッとして返した。

「起きるまで声を掛け続けるのが礼儀だろ」

「わたくしはヴェルナさんの意思を尊重しただけですわ」

ぐッ、とヴェルナが呻き、セシリーはあることに気付いた。小さく溜息を吐く。

「ヴェルナさん、服装が乱れてますわよ？」

「起きたばっかなんだから仕方がねーじゃん」

「服装の乱れは心の乱れですわ」

そう言って、セシリーは服装の乱れを正した。一歩引いてヴェルナを眺める。まあ、これならばお客様の前に出ても恥ずかしくないだろう。

「ペナルティーが緩くなったからと言って寝坊するのは如何なものかと思いますわ。メイドとしての自覚が足りていないのではなくて？」

「いくら何でも染まりすぎじゃね？」

「何を言うかと思えば……」

ヴェルナが呆れたように言い、セシリーは髪を掻き上げた。

「犬を猫と言い張っても『にゃ〜』と鳴かないように、わたくしがいくら貴族だと喚いてみてもメイドとして扱われることには変わりありませんのよ？　どう足掻いてもメイドとして扱われるのならメイドとして振る舞うのが筋ではなくて？」

「言葉の意味は分からねーけど、メイドとして生きる決心をしたってことでＯＫ？」

「そんな所ですわ」

セシリーは溜息交じりに答え、ヴェルナと肩を並べて歩き出した。使用人用の食堂に入り、配膳台でパンとスープ、焼き魚、サラダを受け取る。長テーブルの端っこの席に座ると、ヴェルナが対面の席に座った。

「いただきまーす」

そう言って、ヴェルナはスープを啜り、パンを口一杯に頬張った。豪快な食べっぷりにげんなりしてスプーンでスープを掻き混ぜていると、ヴェルナが身を乗り出してきた。

「どうかしましたの？」

「食欲がないんならくれよ」

「お代わりは自由ですわよ」

セシリーは溜息を吐き、スプーンを口に運んだ。メイドが交替で作っているので味に深みはないが、寝汗を掻いたせいだろう。塩辛いだけのスープが美味しく感じられた。ガタッという音が響き、顔を上げる。すると、ヴェルナが配膳台に向かう所だった。しばらくしてパンとスープ、焼き魚を持って戻ってくる。どっかりとイスに腰を下ろしてまたパンを口一杯に頬張る。

「よくもまあ、朝からそんなに食べられますわね」

「食べねぇと力が出ねーじゃん」

「太りますわよ」

セシリーはパンを千切り、口に運んだ。うん、甘みがあって美味しい。

「もしかして、まな板と呼ばれたことを気にしてますの？」

「気にしちゃいねーけど、ちょっとは大きくなるんじゃないかって期待してる」

「大きくした所で見せる相手もいないでしょうに」

「へへ、どうかな？」

「まさか、クロノ様のお手付きに――ッ！」

「なってねーし。つか、仕事も部屋も一緒なんだからそれくらい分かんだろ」

「それもそうですわね」

　ヴェルナが呆れたように言い、セシリーはパンを口に運んだ。

「でも、可能性はあるんじゃねーかな？」

「根拠（こんきょ）のない自信を抱いていると、あとが辛いですわよ？」

「根拠はあるぜ」

「たとえば？」

「あたしはクロノ様に何度も話し掛けてもらってるし、飴玉（あめだま）ももらってるぜ」

「飴玉如きで安い女ですわね」

「安くねーよ」

　セシリーが溜息交じりに言うと、ヴェルナはムッとしたように言った。

「いいこと、ヴェルナさん？　男はちょっと気のある素振りを見せただけで次のステージに進めると勘違いするどうしようもない生き物で、そのくせ関係を結んだら好きなだけ貪れると錯覚する救いがたい一面を持ってますの。ヴェルナさんがきちんとコントロールしないと骨までしゃぶられますわよ？」

「お前って、男と付き合ったことあるの？」

「ありませんわ」

「スゲーな」

「当然ですわ」

「いや、そうじゃねーよ」

ふふん、とセシリーは鼻を鳴らした。すると、ヴェルナから突っ込みが入った。

「賞賛でなければどういう意味ですの？」

「男と付き合ったこともないのによくそんだけ悪し様に言えるもんだって呆れてんだよ」

「飴玉一つで籠絡される女に言われたくありませんわ」

「何だと？」

「喧嘩なら受けて立ちますわよ」

ヴェルナが身を乗り出し、セシリーは腕捲りをした。近くの席に座っていたメイドがそそくさと席を移動し――。

「はいはい、食事時に喧嘩は止めて」

「止めて下さい」

眼帯を付けたエルフのメイドとドワーフのメイド――シェイナとフィーが空いたばかりの席に着いた。ちなみに席はシェイナがヴェルナの隣、フィーがセシリーの隣だ。

「なあ、シェイナもあたしがクロノ様に好かれてると思うよな？」

「気持ちは分かるけど、クロノ様って誰にでも優しいから」

「飴玉の材料――砂糖も山ほどありますし」

シェイナが困ったように言い、フィーが後に続く。

「砂糖が山ほど⁉　どういうことですの？」

「ハシェルの南にある畑で栽培したビートから砂糖が作れるのよ。続けて栽培すると問題があるとかで売らずに取っとくみたいだけど」

「ビートから砂糖が……」

シェイナは事もなげに言ったが、セシリーにしてみれば驚愕の事実だ。砂糖はサトウキビの汁から精製されるが、帝国には栽培に適した土地がない。だから、輸入に頼っている訳だが、サトウキビ以外から砂糖が精製できるとなれば話は別だ。上手くやれば巨万の富を得られる。だが、シェイナは砂糖がもたらす巨万の富に興味がないらしくヴェルナに視線を向けている。

「だから、あまり期待しない方がいいわよ」

「そっか～。でも、あれだけ優しいいんだからいい職場ってことには違いねーよな？」

「そうね」

「そうですね」

ヴェルナの問いかけにシェイナとフィーが頷く。そうかしら？　とセシリーはヴェルナ達を見つめる。視線に気付いたのだろう。ヴェルナがこちらを見る。

「何か言いたいことでもあるのかよ？」

「本当にクロノ様が優しいと思ってますの？」

「思ってるよ」

ヴェルナはどうしてそんなことを聞くのか分からないと言わんばかりだ。ややあって、今度は合点がいったとばかりに声を上げる。

「ああ、そういやセシリーってクロノ様に話し掛けてもらってねーな」

「話し掛けられるどころか、くだらないものでも見るような目で見られてますわ」

「そうか？　あたしにはそう見えねーけど？　むしろ――」

「くだらないものでも見るような目で見られてますわッ！」

セシリーが言葉を遮って言うと、ヴェルナはぼりぼりと頭を掻いた。

「お前、クロノ様に何かしたの？」

「藪から棒に何ですの？」

「いや、クロノ様って何もされてないのにちょっかい出すタイプじゃないじゃん？　だから、セシリーが先に何かしたんじゃねーかなって」

「何もしてませんわ」

「マジで何もしてねーの？」

「しつこいですわよ」

イラッとして答えるが、ヴェルナは訝しげな表情を浮かべている。

「わたくしを信じて下さらないんですの？」

「信じてって、クロノ様を突き飛ばしてたじゃん」

「あれはクロノ様が耳元で卑猥な言葉を囁いたからですわッ！」

セシリーは声を荒らげ、手で耳を押さえた。クロノが囁いた言葉や吐息が耳に掛かる感触を思い出すだけで体が震える。セシリーの反応に好奇心を刺激されたのだろう。シェイナとフィーが身を乗り出す。

「へ～、どんな言葉を囁かれたの？」

「私も興味があります」

「それは……。言えませんわッ！」

「なんだ、残念」

「残念です」

セシリーが顔を背けると、シェイナとフィーは落胆したかのような表情を浮かべた。

「二人ともクロノ様が突き飛ばされたのに何も言わねーんだな？」

「クロノ様がお咎めなしって言ってるんだから私達が口を挟むことじゃないわよ」

「それに、クロノ様には大勢の愛人がいるので揉め事を気にしてたら身が保ちません」

ヴェルナの問いかけにシェイナとフィーは溜息交じりに応じた。

「へ～、そんなに愛人がいるのにクロノ様は大丈夫なのか？」

「「クロノ様が？」」

シェイナとフィーは顔を見合わせ、プッと噴き出した。

「何だよ？　何かおかしなこと言ったかよ？」

「その心配はいらないわ。クロノ様はすごく強いから」

「クロノ様に付き合うと女の方が保たないと評判です」

「マジで？」

「マジよ。あれは、そう、親征から帰ってきた時のことなんだけど——」

ヴェルナが興味津々という感じで身を乗り出すと、シェイナも身を乗り出してクロノの『強さ』を語り始めた。

これだから庶民は、とセシリーは猥談に参加せずスープを口に運んだ。

※

まったく、何も分かっていませんわ、とセシリーは苛々しながら箒で床を掃く。誰に対しても優しく、精力がかなり強いというのがシェイナ達のクロノに対する評価だが、セシリーの評価は違う。クロノは悪魔だ。神聖アルゴ王国の丘陵地帯に転がっていた敵兵の死体がそれを物語る。その悪魔の執務室をセシリーとヴェルナは掃除している。ふと視線を感じて振り返ると、クロノが壁際に立ってこちらを見ていた。

「何ですの？」

「別に……。執務室を掃除してもらってありがたいと思ってね」

クロノはそっぽを向いて言った。これっぽっちもありがたいと思っていない口調だ。文句があるのならば言えばいい。それなのにクロノは何も言わず、ふて腐れたような態度を取るのだ。本当に苛々させられる。

「サボっていないで手を動かせよ。この後、浴室の掃除もしなきゃならねーんだからさ」

「分かってますわ！」

ヴェルナがうんざりしたような口調で言い、セシリーは掃き掃除を再開した。クロノのせいで文句を言われてしまった。苛々しながら箒を動かす。しばらくして背後で何かが動いたような気がした。またクロノだろうか。肩越しに視線を向けると、クロノは机をから拭きするヴェルナを見ていた。それも優しげな表情で。それだけではない。

「ヴェルナ、仕事はどう？」

クロノが優しい声で話し掛ける。すると、ヴェルナは手を止め、困惑しているかのような表情を浮かべた。どうして、そんなことを聞くのか分からないという表情だ。

「見ての通りだけど？」

「そういう意味じゃなくて」

クロノは左右に手を振った。

「仕事には慣れた？」

「ああ、そういう意味な。まあ、ぼちぼちって所だな」

「そっちもぼちぼち──って、仕事してんだから話し掛けるなよ！」

「人間関係は？」

「ごめんごめん」

「別に、謝らなくていいけどさ」

クロノが苦笑じみた笑みを浮かべて言うと、ヴェルナはそっぽを向いた。二人の遣り取りに苛立ちを募らせてしまう。優しげな表情も声もセシリーには向けられない。確かに自分達の出会いは最悪だった。その後も最悪を積み重ねた。だが、こうしてメイドとして働けるようになったのだ。

もちろん、まだまだ至らぬ点は多い。それでもアリッサは誉めてくれるし、女将もちょっと上から目線だが、セシリーの働きぶりを認めてくれる。それなのにクロノだけが認めてくれない。せめて、これまでの努力を認めてくれてもいいのではないか。そんなことを考え、唇を噛み締める。悪魔と思っている相手に認めて欲しいだなんてどうかしている。かつての自分には有り得ない思考だ。

ふとフェイの言葉を思い出す。どうして、こんなことになってしまったのか。あれから何度も自問したが、答えは出ない。そもそも、どうしてクロノにメイドとして仕えているかが分からない。

クロノは死ぬはずだった。神聖アルゴ王国軍がエラキス侯爵領に侵攻してきた時に、親征で殿を務めた時に、南辺境でルー族に捕まった時に死ぬはずだったのだ。それがどうだろう。三度も死地から生還してセシリーの主人に収まっている。本当に悪魔なのではないかと思う。セシリーを苦しめるために地獄からやって来た悪魔。馬鹿らしいと思う。だが、その一方でもしかしたらと考えている自分がいる。

その時、背後から肩を叩かれ、セシリーは飛び上がった。慌てて振り返ると、ヴェルナがびっくりしたような表情を浮かべて立っていた。

「ヴェルナさん、びっくりさせないで下さいまし」

「それはあたしの台詞だっての。呼んでも応えねーから肩を叩いたら飛び上がってよ。何なんだよ、お前は」

「ちょっと物思いに耽っていただけですわ。それで、掃除は終わりましたの？」

「とっくにな。で、セシリーはどうなんだよ？」

「……あらかた終わりましたわ」

セシリーはやや間を置いて答えた。ヴェルナは訝しげな表情を浮かべていたが——。

「まあ、いいや。浴室の掃除に行くぞ、浴室の掃除に」

「分かりましたわ」

ヴェルナが歩き出し、セシリーはその後に続いた。一礼して執務室から出て、浴室に向かう。十歩ほど歩いた所でヴェルナが口を開いた。

「さっきのあれは何だよ？」

「ちょっと物思いに――」

「そっちじゃなくて、クロノ様に難癖を付けた方だよ」

「あれは……」

ヴェルナが言葉を遮って言い、セシリーは口籠もった。

「クロノ様のせいですわ」

「クロノ様は黙って見てただけだろ？」

「それが許せませんの」

「ったく、ガキじゃねーんだからちったぁ我慢しろよ」

「ヴェルナさんだってわたくしに喧嘩を売るじゃありませんの。それと同じですわ」

「あたしとクロノ様じゃ全然違うだろ」

セシリーがムッとして返すと、ヴェルナはうんざりしたように言った。

「あたしとセシリーは同格のメイドだけど、クロノ様は雇い主だろ？」

「わたくしの雇い主ではありませんわ」

「立場が上ってことに変わりねーじゃん」

「それは……。分かってますわ」

「分かってるなら行動に移せよ」

「そんなこと分かってますわ」

ヴェルナがうんざりしたように言い、セシリーは唇を尖らせた。理屈としては分かっているのだ。自分の立場も、友好関係の構築が容易ではないことも、感情を切り離してメイドに徹しなければならないことも分かっている。ただ、感情的に納得できない。心の底を見透かされるのではないかと不安になる。

※

昼過ぎ――セシリーはズタ袋を甕の横に置いた。紙工房の外壁沿いに設置された甕だ。ズタ袋を開くと、大量の紙片が姿を現す。文字が書かれているが、切り刻まれているのでどんな文字が書かれていたのか想像するのは難しい。

「袋を掴んでガバッと入れちまえばいいじゃん」

「そういう訳にはいきませんわ」

紙片(しへん)を全て甕に入れるように厳命されているのだ。雑な仕事をする訳にはいかない。セシリーが両手で紙片を掴んで甕の中に入れると、ヴェルナが棒で掻き混ぜた。乱暴に掻き混ぜたせいで水が飛び散る。

「なんで、こんな面倒(めんどう)臭ぇことをしなきゃならねーんだか」

「それは機密保持のためですわ」

「機密保持？」

ヴェルナが鸚鵡(おうむ)返しに呟(つぶや)き、セシリーは小さく溜息を吐いた。一枚の紙片を手に取る。

「ヴェルナさん、これを何だと思ってますの？」

「何って、紙だろ？」

「違いますわ。これは書類ですわ、書類。正確には書類を――」

「結論から言えよ」

ヴェルナに言葉を遮られ、セシリーは再び溜息を吐いた。

「書類には様々な情報が記されていますの」

「そんな紙切れ一枚で何が分かるんだよ」

「こんな紙切れ一枚からでも情報を盗(ぬす)まれるかも知れないということですわ」

「気にしすぎじゃねーかな？」

「念には念を入れてということでしょうね」

セシリーは紙片を甕に入れ、再び両手で紙片を掴んだ。これも甕に入れる。ヴェルナが棒で掻き回し、セシリーが紙片を入れるという作業を繰り返す。紙片がなくなり、ヴェルナは甕の蓋を閉じて棒を壁に立て掛けた。

これでセシリー達の作業は終わりだ。この後、インクを抜いて紙として再生させるそうだが、それは紙工房の職人の仕事だ。ちなみに再生された紙は品質が劣化しているので事務官がメモとして使ったり、クロノの部下に支給されたりするらしい。

よし！　とヴェルナが手を打ち鳴らす。

「休憩しようぜ、休憩」

「まだ仕事が残ってますわよ？」

「だから、英気を養うんじゃねーか」

「はいはい、分かりましたわ」

セシリーは溜息交じりに応じた。こうなると梃子でも動かないのだ。必然、セシリーが折れることになる。

※

セシリー達が使用人用の食堂に入ると、休憩中と思しき数人のメイドがいた。内心胸を撫で下ろす。いつ休憩を取るのか。その判断は各人に任されているが、自分達だけだと後ろめたい気持ちになるのだ。

「あっちに座ろうぜ」

そんなセシリーの気持ちを知ってか知らでか、ヴェルナが歩き出す。小さく溜息を吐き、後を追う。ヴェルナが空いている席に座り、セシリーはその対面の席に座った。ヴェルナが溜息を吐いて机に突っ伏す。

「今日の仕事も終わりだな」

「まだ地獄の水汲みが残ってますわよ？」

「地獄とか付けるなよ～」

ヴェルナが情けない声で言う。気持ちは分かる。井戸から水を汲んで運ぶだけの純粋な肉体労働だ。汗だくになって水運びをしても自分は湯浴みをできない点が特にひどい。

「水汲みさえなけりゃマジで天国なんだけどな～」

「随分、お手軽な天国ですわね。今までどんな生活をしてましたの？」

「店の手伝いをしたり、ゴミを拾って売ったり、財布をスッたり、まあ色々……」

「貴方が犯罪者ということはよく分かりましたわ」

うるせぇ、とヴェルナは拗ねたような口調で言った。

「もうちょい仕事に慣れたら読み書きを覚えてーな」

「それはよい心掛けですわ。文学は心を豊かにしてくれますもの」

「文学なんて興味ねーよ」

「では、どうして読み書きを？」

「損したくねーから」

ヴェルナは顔だけこちらに向けて言った。その時——。

「二人ともお疲れ様」

明るい声が響いた。シェイナの声だ。シェイナがヴェルナの隣に座り、フィーがセシリーの隣に座る。シェイナが頬杖を突き、ヴェルナに視線を向ける。

「で、何の話をしてたの？」

「もうちょい仕事に慣れたら読み書きを覚えてーなって話」

「いい心掛けね。やっぱり、人間一つくらい盗まれないものを持っておくべきよね」

ヴェルナが気怠そうに言うと、シェイナはしみじみと頷いた。教養とはそういうものなのだろうか、とセシリーは内心首を傾げる。だが、シェイナに言われるとそうかなという気がしてくる。

「でも、ワイズマン先生の授業は枠が埋まってますよ？」

「え～、マジかよ。人を雇って余裕ができたって聞いてたのに」

「無料な上、皆勉強したがってるもの。仕方がないわよ。私達も順番待ちだし」

フィーの言葉にヴェルナが不満そうな声を上げる。すると、シェイナは困ったような表情を浮かべて言った。

「まず古参兵、次に新兵、私達はその後ね」

「は～、世の中上手くいかねーもんだな」

シェイナが指を折って言い、ヴェルナが溜息交じりに呟く。そんな彼女の姿を見ていると、協力してやってもいいかなという気になる。

「ヴェルナさんが望むなら読み書きを教えて差し上げてもよろしくてよ？」

「いいよ、別に」

「どうして、即答するんですの⁉」

「いや、だって、セシリーって教えるの下手そうじゃん。あたしは嫌だぜ。仕事が終わった後にガミガミ怒られながら勉強すんのは」

ぐッ、とセシリーは呻いた。それに、とヴェルナは続ける。

「抜け駆けはちょっとな」

「私は気にしないわよ？」

「私も気にしません」

「あたしが気にするんだよ。新参者だし、ちったぁ気を遣わねーと」

シェイナとフィーがあっけらかんとした口調で言うが、ヴェルナは渋い顔をしている。どうやら彼女なりに考えた末の返答だったようだ。

「本当に私は気にしないんだけど……。でも、まあ、そうね。私がヴェルナの立場なら同じことを言うかも知れないわ」

だろ？　とヴェルナが我が意を得たりとばかりに笑う。

「ここってマジで居心地がいいからさ。空気を悪くしたくないんだよな～」

「そうね。軍にいられなくなった時は本当にどうしようかと思ったけど」

「そうですね」

シェイナがぼそっと呟き、フィーが神妙な面持ちで頷く。ヴェルナが体を起こす。

「そういやシェイナとフィーって元軍人なんだっけ？」

「ええ、私は弓兵で……」

「私は歩兵です」

シェイナが目配せをすると、フィーが続いた。

「ま、神聖アルゴ王国が攻めてくるまでだけどね。あの時の戦いで私は距離感が掴めなくなって、フィーは走れなくなっちゃったから」

「ひでぇ戦いだったんだな」

「ええ、ひどい戦いだったわ」

ヴェルナの言葉にシェイナは困ったような笑みを浮かべて言った。恐らく、そこにあるのは諦念——言葉を尽くしても自分が経験したひどい戦いを分かってもらえないと理解しているからこその表情だ。

「戦ってる最中は無我夢中で、その後もしばらくは『ああ、生き延びたんだ』って生の実感みたいなのを噛み締められたんだけど、いざ傷が治ってくると駄目ね。片目が見えなくなってこれじゃ軍にいられないとか、軍を辞めた後はどうしようとか考えちゃって……」

「正直、退院間際が一番キツかったです」

「そうね。あの時が一番キツかったわね」

フィーが沈んだ口調で言い、シェイナがやはり困ったような笑みを浮かべて頷く。

「でも、ぱっと見た限り怪我してる奴はそう多くないみたいだけど？」

「私みたいに分かりやすい怪我をした子はそう多くないわ」

ヴェルナの問いかけにシェイナは眼帯を指差して言った。でも、と続ける。

「実際はひどいもんよ。一年半経ってるのに未だに傷が痛むって子はいるし、悪夢を見て飛び起きる子もいるわ。今はガタガタになった体と心に付き合う余裕があるけど、当時はそんな余裕なくて大変だった。だから、クロノ様がメイドとして雇ってくれるって仰ってくれた時は心底安心したわ」

「クロノ様を恨んでいませんの？」

セシリーがぽつりと呟くと、喧噪が止んだ。こうなることは半ば予想していた。だが、どうしても聞きたかったのだ。おい、とヴェルナが声を掛けてくる。

「その傷はクロノ様のせい、ですわよね？」

「恨んでいるかって言われると困っちゃうわね」

シェイナは手を組み、小さく俯いた。考えを纏めているのか。口を開こうとしない。長い沈黙の後で口を開く。

「やっぱり、困っちゃうわね。でも、あの時は本当に絶望的な状況だったの。前のエラキス侯爵だけじゃなくて騎兵連中も逃げちゃうし」

「エラキス侯爵が？」

「本人は色々と言い訳してたみたいだけどね」

セシリーが問いかけると、シェイナは手を組むのを止めて頬杖を突いた。シニカルな笑みを浮かべる。

「そんな状況でクロノ様だけが絶望していなかった。勝つための——できるだけ多くの兵士が生き延びるための策を立てた。私達は……」

シェイナはそこで言葉を句切った。再び手を組んで口元を隠す。

「クロノ様に賭けたのよ。そして、勝った。一番しんどい時期も乗り切ったし、今更ごちゃごちゃ言いたくないってのが正直な所ね。満足した？」

「ええ、感謝いたしますわ」

どういたしまして、とシェイナは頬杖を突いて笑った。

※

夕方——セシリーが井戸から汲んだ水を桶に注ぐと、あ～という声が聞こえた。ヴェルナの声だ。視線を傾けると、ヴェルナが井戸の陰でしゃがみ込んでいた。

「ヴェルナさん、だらしないですわよ。もっとしゃんとなさいな」

「軍にいたヤツと比べんなよ。つか、メイド教育の時に手を抜いてただろ？」

「ま、まあ、休憩も必要ですわね」

ヴェルナに恨めしそうな目で睨まれ、セシリーは井戸に寄り掛かった。その時、カンという音が聞こえた。槌を打つ音ではない。木剣がぶつかり合う音だ。音のした方を見ると、クロノとフェイが戦っていた。

その光景に、フェイの美しさにセシリーは絶望する。第十二近衛騎士団にいた頃、フェイの剣技を見たことがある。いや、型稽古を盗み見たというべきか。その時もセシリーは絶望した。剣の極みを目の当たりにし、そのあまりの高さに心が折れた。だが、フェイはあの時よりも高みに登っていた。体捌きはますます洗練され、繰り出される一撃はさらに鋭さを増していた。それに比べてクロノはどうか。いや、問うまでもない。フェイと比べることさえ烏滸がましい。

それでも、フェイはクロノを侮っていない。自分より遥かに実力の劣る者を対等の存在と認め、一挙手一投足に注意を払っている。その理由はすぐに分かった。クロノが隠し持っていた木剣を投げつけたのだ。

だが、フェイはこれを予想していたかのように叩き落とした。そこにクロノが腰だめに木剣を構えて突っ込んでいく。体当たりじみた突きだ。クロノは自分がフェイに勝っている点は体格しかないと考えたのだろう。だからこその体当たりじみた突き。並の相手であれば勝負が決まっただろう。しかし、フェイは並の相手ではない。両者が接触した次の瞬間、クロノがフェイの体を通り抜けた。もちろん、そんなことできるはずがない。フェイはクロノの攻撃を躱したのだ。その技量があまりにも卓越していたため通り抜けたように見えた。それだけの話だ。

渾身の一撃を躱され、クロノが転倒する。当然か。渾身の一撃だったのだ。躱されること自体が予想外だったに違いない。クロノが体を起こす。だが、もうおしまいだ。無防備な姿を曝してしまっている。あとは木剣を突きつけて降参を促すだけだ。だというのにフェイはクロノに近づこうとしない。

何を警戒しているのだろう。セシリーが内心首を傾げた瞬間、クロノが動いた。地面が爆発し、クロノが背を向けた状態でフェイに肉薄する。有り得ない動きだ。だが、クロノの体を彩る漆黒の輝き——刻印がそれを可能にしていた。体を捻り、肘鉄を放つ。鈍く、重い音が響く。フェイが木剣の柄頭で肘鉄を受け止めたのだ。ただの木剣であれば砕けてしまっていただろう。だが、木剣は黒い光に包まれていた。神威術・祝聖刃によって木剣の耐久力を飛躍的に高めたのだ。

「——らァァッ！」

クロノが力任せに腕を振り抜き、フェイが吹き飛ぶ。だが、ダメージはない。フェイは

自分から後ろに跳んだのだ。それだけではない。体から黒い光が立ち上っている。神威術・神衣——防御力を上げる術だ。これではダメージなど与えられない。

二人は距離を取り、木剣を構えた。だが、明らかにクロノの方が消耗している。これを好機と見たのだろう。フェイが間合いを詰めるべく地面を蹴る。次の瞬間、ガクンと動きが止まる。クロノの影が伸びてフェイの足に絡みついたのだ。恐らく、これも刻印の力だろう。千載一遇のチャンスだ。これを逃せば勝ち目はない。にもかかわらずクロノは動かない。影を操作するのになけなしの力を使い果たしてしまったに違いない。セシリーの推測を裏付けるようにクロノの刻印は消えかけている。

　影を引き千切るつもりか、フェイが身を屈める。立ち上る光が目に見えて増し、フェイは強く地面を蹴った。いや、たたらを踏んだというべきか。影がいとも——恐らく、フェイの想定よりも遙かに容易く千切れてしまったからだ。

　二度目のチャンスだが、もはやクロノには攻撃する力など残っていまい。今度こそおしまいだ。だが、セシリーの予想はまたしても覆された。クロノの刻印が消えていなかったのだ。なるほど、そういうことか。クロノは消耗したふりをしていたのだ。さらにいえば影で動きを封じたのは仕込み、フェイに影を千切らせることが本命だったのだ。

刻印が輝き、クロノが加速する。瞬く間に間合いが詰まり、クロノが宙を舞った。躱せないと判断するや否やフェイがその場にしゃがみ込んだのだ。クロノは最高速でそこに突っ込み、宙を舞ったという訳だ。クロノが地面に叩き付けられ、刻印が消える。勝負ありだ。だというのにフェイは慎重にクロノに歩み寄り、木剣の切っ先を突きつけた。

「降参するでありますか？」

「うん、降参」

クロノが敗北を認めると、フェイは神威術を解いて手を差し伸べた。クロノはフェイの手を取って立ち上がり、がっくりと肩を落とす。

「今日は勝てると思ったんだけどな」

「経験の差であります」

「『我が全身全霊破れたりであります』だっけ？」

「クロノ様は意地悪であります」

そう言って、フェイは拗ねたように唇を尖らせた。もう訓練は終わりなのか。クロノ達がこちらにやって来る。そのまま通り過ぎるかと思いきやセシリーの前で立ち止まる。セシリーが手の平の汗をメイド服で拭うと、クロノが口を開いた。

「どうだった？」

「無様としか言いようがありませんわ。フェイさんもクロノ様が相手では——ひぃッ！」

セシリーは悲鳴を上げた。ヴェルナに脇腹を指で突かれたのだ。手を振り払って睨み付けると、ヴェルナは小さく溜息を吐いた。

「何をなさいますの⁉」

「喧嘩を売ってどうすんだよ」

「素直な感想を口にしたまでですわ！」

「その割に真剣に観戦してたじゃねーか」

「それは……」

「クロノ様との戦いは勉強になるであります」

セシリーが口籠もると、フェイがそんなことを言った。何を言っているのかと内心首を傾げる。だが、すぐにセシリーが言いかけていた言葉に対する答えだと分かった。

「あの勝利への貪欲さ——頭を使った戦い方は学ぶべき所があるであります」

「ただの小細工ですわ」

「その小細工に私は負けたことがあるであります」

「何ですって⁉」

セシリーは思わず聞き返した。フェイが負けた？　それもクロノに？　正直、信じられない。剣は、とフェイは剣の柄に触れた。

「絶対的な力じゃないであります。神威術の力を上乗せしても地の利や策によって封じられてしまうものであります。たとえ剣を封じられなかったとしても相手が私より経験を積んでいたり、頭を使っていたりした場合には勝利は覚束ないであります。仮に勝てたとしても私個人の勝利では意味がないであります。強さは大事でありますが、その強さで何をするのか——そちらの方がもっと大事だと思うであります」

「……」

セシリーは言葉を失った。自身に二度までも絶望を抱かせた剣術が絶対ではないと、絶望的な隔たりを埋め合わせる方法があると知って。さらにいえばフェイにそれを自覚させたのは凡人たるクロノなのだ。今更ながら思う。自分が諦め、背を向けてきたものにはどれほどの可能性が宿っていたのかと。

※

夜——セシリーはベッドに横たわり、溜息を吐いた。あとは眠るだけという状況だが、どうも眠れそうにない。もやもやした感情が胸を支配している。それは評価から逃げ出したことへの後悔であり、そのために捨てたものに対する未練だ。だが、軍に戻ることはできない。兄はやりたいことがあるのならば応援してくれると言ったが、セシリーが軍に戻りたいと言っても逃げ出すための方便と考えるだろう。

どうして、こんなことになったのか。評価されることを恐れて逃げたから——それも間違いではないだろう。だが、問題の本質は別にある。そして、それを知らねば先に進むことはできない。再び溜息を吐く。クロノと話せば問題の本質を知ることができる。そんな気がする。だが、喧嘩を売ってしまったばかりだ。どの面下げてクロノのもとを訪ねればいいのか分からない。このもやもやした感情を一生胸に抱えて生きなければならないのだろうか。そんなことを考えていると、ヴェルナが声を掛けてきた。

「溜息ばかり吐いてどうしたんだよ？」

「ちょっと考え事をしてましたの」

「クロノ様のことだろ？」

「まあ、そうですわね」

セシリーが頷くと、ヴェルナはニヤリと笑った。いい予感がしない。

「クロノ様のことが好きと見た」

「ヴェルナさんの目は節穴ですわね」

「クロノ様が好きだから反抗的な態度を取ってたんじゃねーの？　ほら、好きな子をいじめちゃう的なあれで」

「そんな低レベルな悩みではありませんわ」

　セシリーは俯せになって溜息を吐いた。

「クロノ様のことで悩んでるんなら溜息ばかり吐いてないで直接話せばいいじゃん」

「そんな簡単に済むのなら——」

「セシリーが難しくしてんだろ。つか、ぎすぎすした雰囲気の中で仕事したくねーからとっとと話してこいよ」

「ぐッ……」

　ヴェルナに言葉を遮られ、セシリーは呻いた。だが、もっともな意見だ。

「分かりましたわ。これ以上、ヴェルナさんに迷惑を掛けられませんものね。嫌ですけれど、クロノ様と話してきますわ」

「あたしを出汁にすんなよ」

　セシリーが体を起こして言うと、ヴェルナはうんざりしたような口調で言った。ベッドから下りてメイド服に着替える。足を踏み出し、扉の前で立ち止まる。

「どうしたんだ？　とっとと行ってこいよ」

「ヴェルナさん、一緒に来て下さらない？」

「ガキじゃねーんだから一人で行ってこいよ」

「ヴェルナさんが話に行けと仰ったんじゃありませんの」

「はいはい、分かったよ」

　ヴェルナはやはりうんざりしたような口調で言って体を起こした。ベッドから下りてこちらにやって来る。

「その格好で行くつもりですの？」

「話すのはセシリーなんだからネグリジェで問題ねーだろ？」

「立ち会ってくれませんの？」

「部屋の前までで十分だろ」

　セシリーがおずおずと尋ねると、ヴェルナは顔を顰めて答えた。

「とっとと行くぞ」

「ちょ、待って下さいまし！」

　ヴェルナが扉を開け、セシリーは慌てて後を追った。二人で薄暗い廊下を進む。セシリーが階段に足を掛けると、ヴェルナが動きを止めた。

「どうしましたの？」

「ど忘れしてたんだけど、夜伽の最中だったらどうすんだ？」

「終わるまで待つべきではなくて？」

「廊下で？」

「ええ、廊下で。部屋の中で待つ訳にはいきませんもの」

「まあ、そうなんだけど……」

ヴェルナはぽりぽりと頭を掻き、セシリーは次の段に足を掛けた。

「ここでうだうだ悩んでても仕方がありませんわ。さっさと行きますわよ」

「あたしが付き合ってやってること忘れてね？」

セシリーが無視して階段を登り始めると、ヴェルナは渋々という感じで付いて来た。三階に辿り着き、立ち止まる。というのもクロノの部屋の前でフェイと出くわしたのだ。シンプルなネグリジェを着ている。

「二人ともクロノ様に何か用でありますか？」

「フェイさんこそ、クロノ様に何か用ですの？」

「……」

セシリーが問い返すと、フェイは押し黙った。

「――ぎであります」

「聞こえませんわ。もっとはっきり仰って下さらない？」

「もっとはっきりって、夜伽に決まってるじゃん」

セシリーが聞き直すと、ヴェルナが呆れたように言った。

「ヴェルナさん、わたくしはフェイさんに話し掛けてますのよ？」

「お前って、ホントに嫌な女だな」

「誉め言葉として受け取っておきますわ」

「誉めてねーよ」

「で、何しに来たんですの？」

「………夜伽であります」

セシリーの問いかけにフェイはごにょごにょと答えた。

「終わるまで待っていた方がよろしいかしら？」

「ま、まま、待たなくていいであります！」

「なら、わたくしが先に用事を済ませてもよろしいかしら？」

「よろしいであります！　用事が済んだら、さっさと、可及的速やかにクロノ様の部屋から離れて欲しいであります！」

「分かりましたわ」

セシリーが頷くと、フェイは脇に退いた。

「ヴェルナさん、行きますわよ？」

「一人で行けよ」

「え⁉ 何故、そんなことを仰いますの？」

「初めからクロノ様の部屋の前までって話だっただろ」

セシリーが聞き返すと、ヴェルナはうんざりしたような口調で言った。

「そ、そうでしたわね。うっかりしてましたわ」

「嘘吐け。勢いで押し切ろうとしてたのがバレバレだっての」

「嘘なんて吐いてませんわ」

「分かった分かった。さっさと行けよ」

「分かってますわ！」

セシリーは声を荒らげ、クロノの部屋の前に立った。深呼吸を繰り返し、話をしに来ただけ、疚しいことは何もないと自分に言い聞かせる。ドアノブに手を伸ばし、そのまま動きを止める。やはり、ヴェルナに――。

「ああ！ もうッ！ さっさと行けよッ！」

「ま、まだ心の準備が――」

「知るか！」

ヴェルナは言葉を遮って言うと扉を開けてセシリーの背中を力一杯押した。よろめきながらクロノの部屋に入った直後、バンッという音が響いた。慌てて振り返ると、扉が閉まっていた。外に出ようとするが、ヴェルナとフェイが押さえているのか、扉はびくともしない。逃げられない。ならばクロノと話すしかない。意を決して正面に向き直る。すると、クロノがイスに座ってこちらを見ていた。

「何の用？」

「あまり驚いてませんのね？」

「そりゃ、あれだけ大声で話してればね」

「ぐッ……」

クロノが呆れたように言い、セシリーは呻いた。

「それで、何の用？」

「……」

クロノが脚を組んで問いかけてくるが、セシリーは答えられない。それどころか、それが話を聞く態度ですの？　という悪態を吐きそうになる。だが、ぐっと堪える。クロノと話さなければ前に進めないのだ。

「質問がありますの。クロノ様は──」

意を決して口を開く。だが、肝心の質問をすることができない。当然か。クロノとの会話という形式だが、これは自分の心——その奥底を覗き込む行為なのだ。

「用がないなら——」

「クロノ様は！　どうして、努力をすることができますの？　策を弄しても、小細工をしても天才が同じことをしたら敵わないって分かってますわよね？」

あ、とセシリーは声を上げた。今の言葉は何も考えずに発した言葉だ。だが、その言葉は正鵠を射ている。策も、小細工も弱者だけのものではない。強者——それこそフェイのような天才が策を弄し、小細工までも使ってきたら弱者には打つ手がなくなる。それなのに、どうしてフェイの言葉に反論できなかったのだろう。いや、分かっている。凡人も天才に並び得るのだと信じたかった。それだけの話だ。

「もちろん、分かってるよ。どんなに努力したって天才には敵わないってことくらい。でも、それって僕が努力をしない理由にはならないよね？」

「——ッ！」

クロノに問いかけられ、セシリーは息を呑んだ。

「どんなに努力したって天才には敵わない。だったら、努力をしない方がいい。そんな風に考えて努力を怠ったらいざって時に後悔する。自分を最低のクズだって見下げ果てて生きていくことになる。そんなのはごめんだよ」

「……」

セシリーは無言でクロノを見つめた。とうとう捕まったと思った。どうして、こんなことになったのか。きっと、逃げ出したというのも間違いではないのだろう。だが、やはりそれは本質ではないのだ。

セシリーには覚悟がなかった。努力は報われないこともある。そんな現実を受け入れる覚悟がなかった。みっともなく足掻く姿を嗤われる覚悟がなかった。器以上のことを成すために身を削る覚悟がなかった。外面を取り繕いたかった。兄やフェイのような特別な存在になりたかった。でも、何もないから血に縋った。

どうして、こんなことになったのか。今なら分かる。セシリーはこの卑しい性根から目を背け続けていた。クロノはどうだろう。彼が卑しい性根を持ち合わせているかは分からない。だが、彼は努力が報われないことを知りながらみっともなく足掻き、身を削って自身の器以上のことを成した。

逃げた人間と向き合った人間――その差が出たのだ。どうして、こんなことになったのかと問うまでもない。当然の帰結だったのだ。

「もう用は済んだ？」

「ええ、済みましたわ」

セシリーはスカートを摘まみ、右足を引いた。

「クロノ様、どうか今までの非礼をお許し下さい。貴方は誇り高い、立派な貴族ですわ」

「何か悪いものでも食べた？」

「食べてませんわ！」

セシリーは声を荒らげ、ごほんと咳払いをした。

「これからは両家の紐帯となるべく全力を尽くします。どうぞ、よしなに」

「よく分からないけど、まあ、よろしく」

ええ、とセシリーは頷いた。

※

セシリーは夢を見る。暗闇の中で巨大な目に見つめられる夢ではない。それは輪っかの夢だった。暗闇に輪っかが浮かんでいる。それが何なのか分からない。しげしげと眺めていると、輪っかに鎖が繋がっていることに気付いた。それで首輪だと分かった。では、首輪の反対側にいるのは誰だろう。首を傾げつつ見上げると、クロノがいた。クロノが首輪を持って近づいてくる。逃げなければと思うが、足が動かない。

不意にクロノの言葉――首輪を嵌(は)めて、犬耳を付けて、お尻(しり)の××に××を差し込んで、侯爵邸(こうしゃくてい)内を散歩するんだよ。もちろん、●●する時は片脚(かたあし)を上げて――を思い出す。まさにクロノはそれを実行しようとしているのだ。セシリーは必死に逃げようとして――。

「どひぃぃぃぃッ！」

ベッドから転がり落ちた。顔を上げ、周囲を見回す。夢を見ていたのだと改めて実感して胸を撫で下ろす。どうして、あんな夢を見てしまったのだろう。もしかして、卑しい性根に相応(ふさわ)しい扱(あつか)いを受けたいという願望があるのだろうか。

「馬鹿らしい。そんなはずありませんわ」

セシリーは自身の考えを一笑(いっしょう)に付し、ベッドに這(は)い上がった。

# 第四章『善意は悪意に似る』

帝国暦四三一年十一月末日深夜——夢を見ている。侯爵邸の廊下を歩く夢だ。ただ歩いているのではない。申し訳程度に胸の頂きと股間を隠せる下着を身に着け、犬のように四つん這いになって歩いている。そんなセシリーに皆が視線を向ける。憐れみの視線ではない。侮蔑、あるいは嘲弄の視線だ。

当然か。セシリーは貴族だ。由緒正しきハマル子爵家に名を連ね、兄は第五近衛騎士団の団長を務める。そんなセシリーが破廉恥な格好で侯爵邸を練り歩いている。ここぞとばかりに責め立てるのが平民というものだろう。

無遠慮に向けられる視線に耐えられなくなって俯くと、しゃらんという涼しげな音が響いた。鎖の鳴る音だ。顔を上げ、鎖を握る人物——クロノを見上げる。こちらを見ようともしない。その態度に怒りが込み上げる。

不意にクロノが立ち止まる。どうして、立ち止まったのだろう。不審に思いながら動きを止める。ややあって、クロノがこちらに視線を向ける。あの、くだらないものでも見るかのような目だ。侮蔑や嘲弄の視線を向けられるよりもよほど堪える。だが、見てもらえないよりはいい。

「犬なんだし、そろそろ縄張りを主張すべきじゃない？」

「――ッ！」

セシリーは息を呑んだ。そんなことできる訳がない。そんなことをしたら――。

「皆に浅ましい姿を見てもらおうよ」

「――ッ！」

再び息を呑む。クロノは気付いていたのだ。侮蔑や嘲弄の視線を浴びながらセシリーが体を熱くしていたことに。

「さあ、早く」

「ぐッ……」

クロノに促され、セシリーは呻いた。けれど、彼は気付いているのだろう。セシリーが抱える浅ましい性根を曝したいという願望に。セシリーはそっと片脚を上げ――。

「のひぃいいいいッ！」

ベッドから転がり落ちた。慌てて体を起こし、ぺたぺたと体に触れる。よかった。ネグリジェを着ている。安堵の息を吐く。それにしてもひどい夢だ。これもクロノが耳元で卑猥な言葉を囁いたせいだ。

理解できないのは夢の中の自分だ。あんな破廉恥な姿を曝すことを望んでいるなんて本当にどうかしている。本当に有り得ない。そんなことを考えていると、う～んという声が聞こえた。声のした方を見ると、ヴェルナがベッドからこちらを見ていた。

「またか？」

「え、ええ、ちょっと夢見が悪くて」

「ベッドから転がり落ちるのも、連日悪夢を見るのもちょっとって言わねーんだよ」

「え、ええ、そうですわね」

ヴェルナがうんざりしたように言い、セシリーは頷いた。確かにその通りだ。もう一週間も悪夢を見ている。

「起こしてしまってごめんなさいね」

「謝らなくていいからとっとと寝ちまえ」

「そうしますわ」

セシリーは小さく溜息を吐き、ベッドに戻った。本当になんて夢を見てしまったのだろう。いくら演技かどうか確かめるためとはいえ――。そこまで考えて思い直す。あの時、セシリーはクロノと仲が悪かった。そんな相手に作り話をするだろうか。つまり、あれはクロノの願望だったのだ。

まさか、あんな破廉恥な願望を抱いているとは思わなかった。セシリーの後ろ姿を見ながら妄想に耽っていた可能性もある。おぞましい。頭の中とはいえ、セシリーの体を自由に弄んでいたなんて。

もし、やってくれと言われたら――。いや、いくら何でもそれはないか。自身の考えを一笑に付したその時、クロノに今までの非礼を詫びたことを思い出した。あれを屈服の証と誤解していたら悪夢が現実になるかも知れない。どうすれば、とセシリーは朝まで悶々と過ごした。

※

朝――使用人用の食堂は喧噪に包まれていた。だが、寝不足のせいだろうか。喧噪が遠く感じられる。セシリーはパンを千切り、口に運ぶ。もそりもそりと咀嚼して呑み込むと、対面の席に座っていたヴェルナが口を開いた。

「セシリー、悩み事でもあるのか？」

「藪から棒に何ですの？」

「藪から棒って、連日ベッドから転がり落ちてるヤツが何言ってんだよ」

ぐッ、とセシリーは呻いた。

「で、どうなんだよ？」

「悩み事は……。ありませんわ」

ヴェルナが身を乗り出して問いかけてくるが、セシリーは嘘を吐いた。心配を掛けたくなかったし、夢の内容を口にしたくなかったからだ。

「本当かよ？」

「ええ、純白にして秩序を司る神に誓って」

「そんなこと言って……」

ヴェルナは何事かを言いかけ、小さく溜息を吐いた。

「まあ、話して楽になることもあるからさ。その気になったらいつでも相談してくれよ」

「ええ、その時はお願いしますわね」

おう、とヴェルナは照れ臭そうに言ってパンに齧り付いた。不意に視界が翳り、シェイナとフィーが隣の席に座った。ちなみにシェイナがヴェルナの隣、フィーがセシリーの隣の席だ。シェイナがこちらを見て、小さく微笑む。

「二人ともおはよう。隣に座ってもいい？」

「『座ってもいい？』って、もう座ってるじゃねーか」

「まあ、そうなんだけどね」

ヴェルナに突っ込まれ、シェイナが軽く肩を竦める。

「ところで、二人とも年末年始の予定は？」

「どうしたんだよ、急に？」

「ふふ～ん、実はね。今年の年末年始は連休があるのよ」

ヴェルナが問い返すと、シェイナは嬉しそうに言った。

「何がそんなに嬉しいんだよ？　連休ってことは金を稼げないってことじゃねーか」

「そう思うわよね？　でも、連休中もお給料が出るのよ」

「マジ⁉」

「マジよ」

ヴェルナの問いかけにシェイナは神妙な面持ちで答えた。ふ～ん、とセシリーは相槌を打ち、ある問題に気付いた。

「クロノ様が太っ腹ということは分かりましたけど、屋敷はどうしますの？」

「希望者だけで特別シフトを組むのよ」

「休んでもお給料が出るのなら誰も出勤を希望しないのではなくて？」

「出勤者には特別手当が付きます」

二つ目の問いかけに答えたのはフィーだった。

「へ～、それなら出勤したいってヤツが沢山いるんじゃねーか？」

「ええ、それで二人はどうするつもりかなって思ったの」

「どうするも何もあたしは出勤するよ。帰る場所もねーし、金を貯めてーからさ」

「あら、ヴェルナさんは宵越しの金は持たない主義だと思っていましたわ」

「あたしはそんな主義じゃねーよ」

ヴェルナはムッとしたように言った。そういや、と続ける。

「セシリーはどうすんだ？」

「わたくしは出勤しますわ」

「里帰りしねーの？」

「兄から戻ってくるなと言われてますの。それに、欲しいものがありますの」

「何が欲しいんだよ？」

「服ですわ」

「「服⁉」」

ヴェルナ、シェイナ、フィーの声が重なる。

「セシリーさん？　様？」

「セシリーで構いませんわ」

シェイナが小首を傾げて言ったので、セシリーは呼び捨てにする許可を出した。

「セシリーって、服を沢山持ってきてたでしょ？」

「確かに服は沢山持ってきましたけれど、普段使いできるものはありませんの」

あ～、とシェイナは合点がいったとばかりに声を上げた。服だけではなく、下着も買っておきたい。支給された下着は好みじゃないし、実家から持ってきたものはどう洗っていいのか見当もつかない。

「シェイナさんとフィーさんはどうしますの？」

「私達は休むわ！」

「休むのかよ⁉」

シェイナが胸を張って言うと、ヴェルナがすかさず突っ込んだ。

「あたし達に聞くくらいだから出勤するもんだとばかり思ってたぜ」

「最初はそう思ってたんだけど……。折角だし、だらだらしてみたいなって」

ヴェルナがぼやくと、シェイナは拳を握り締めて言った。何とも情けない理由だが、後遺症を押して働き続けてきたことを思えば納得できる。

「シェイナさん、何人くらい出勤するか分かります？」

「申し訳ないけど、分からないわ。メイド長なら把握してると思うけど……」

「そうですの」

セシリーは小さく俯いた。ヴェルナが不思議そうに首を傾げる。

「なんで、そんなことを聞くんだよ？」

「……少ない人数で屋敷を管理するんですのよ？　覚悟は必要ですわ」

やや間を置いて答える。これも嘘ではない。だが、本音は別にある。少ない人数で屋敷を管理しようとしたら一人になる場面が必ず出てくる。その時にクロノに言い寄られないか心配なのだ。

「心配しすぎじゃねーの？」

「性分ですわ」

セシリーは本音を隠せたことに安堵しながら答えた。

※

昼——クロノの執務室を掃除していると視線を感じた。セシリーは窓ガラスを拭く手を止め、振り返った。すると、クロノが机に座ってこちらを見ていた。頭の中で破廉恥な真似をされているのではないか。そんな疑念が湧き上がる。

セシリーが睨み返すと、クロノはそっと視線を逸らした。自身に疚しい所がなければ視線を逸らさない。やはり、クロノはセシリーを見ながら破廉恥な妄想をしていたのだ。なんてことだろう。ここは釘を刺しておかねば。つかつかと歩み寄って机に手を置く。すると、クロノは体を引いた。

「何故、わたくしを見ていらっしゃったんですの？」

「見てないよ」

「だったら、どうして目を逸らしたんですの？」

「睨み付けられたら誰でも目を逸らすと思うけど……」

「ふん、白々しい。クロノ様がわたくしを見ながら破廉恥な妄想をしていることなんてお見通しですわ」

「……」

クロノは無言だ。図星を指されて言葉を失っているに違いない。畳みかけるなら今だ。

「勘違いしているようですから念のために申し上げておきますけれど、わたくしは屈服した訳じゃなくてよ」

「……」

やはり、クロノは無言だ。きっと、プレッシャーを感じているのだろう。ここはもう一押ししておくべきか。

「黙ってないで何か仰ったらどうですの？」

「友好的な関係を築けると思ったのに……」

「あら、わたくしは今でも友好的な関係を築けると思ってますわ。ただ、わたくしとクロノ様の考える友好的な関係は方向性が違うということですわ」

「そうですか」

「そうですわ」

クロノが溜息を吐くように言い、セシリーはふんと鼻を鳴らした。その時——。

「おい、ちゃんと仕事しろよ」

ヴェルナの声が響いた。声のした方を見る。ヴェルナは執務室の隅にある箱を仕分けていた。箱の中身はクロノの部下や街の職人が作った調度品だ。

シェイナに聞いた話によればクロノが廊下に部下の作った花瓶を飾った所、侯爵邸を訪れた客に高値で売れたらしい。クロノの部下はその金で念願の工房を構え、その話を何処かで聞きつけた街の職人が調度品を贈ってくるようになったんだとか。まあ、それはさておき――。

「分かってますわ」

セシリーはクロノから離れ、掃除を再開した。

※

夕方――セシリーが空になった桶を持って外に出ると、楽しげな声が聞こえた。クロノとヴェルナの声だ。井戸の方から聞こえる。邪魔をしない方がいいのではないかと思ったが、会話が終わるのを待っていたら他のメイド――シェイナ達に迷惑を掛けてしまう。お邪魔虫になる覚悟を決めて井戸に向かう。すると、クロノがヴェルナと楽しそうに話していた。セシリーに気付いたのだろう。クロノはこちらに視線を向けるとその場を立ち去った。ヴェルナは嬉しそうな顔をしている。これは何かあったに違いない。セシリーは井戸に歩み寄り、桶を地面に置いた。

「何を話してましたの？」

「ん？　大したことは話してねーよ。仕事のこととか、セシリーのこととか、まあ色々」

「本当ですの？」

「あと、飴玉をもらった。セシリーにもやるよ」

「いりませんわ」

「あとでくれって言ってもやらねーからな」

「いりませんわ」

そっか、とヴェルナは嬉しそうに笑う。飴玉をもらったくらいで嬉しそうにするなんてと見ていて不安になる。

「ヴェルナさん、これは友人としての忠告なのですけれど」

「え⁉」

「何かおかしなことを言いました？」

ヴェルナが驚いたように声を上げ、セシリーは思わず理由を尋ねた。

「あたし達って友達なのか？」

「友達に決まってますわ！　同じ部屋で暮らして、口喧嘩したり、殴り合ったり、仲直りしたり、これを友達と言わずして何と言いますの⁉」

「同僚？」

「と、も、だ、ち、ですわッ！」

ヴェルナが自信なさそうに言い、セシリーは声を荒らげた。

「でも、年齢差もあるし、育った環境も違うじゃん？」

「友達になるのにそんなこと関係ありませんわ」

「そうか？　結構、重要だと思うぜ？」

「とにかく、わたくし達は友達ですわ！」

「まあ、一万歩譲って友達だとして――」

「一万歩じゃ譲った内に入りませんわッ！」

セシリーはヴェルナの言葉を遮って叫んだ。

「分かった。あたし達は友達だ」

「分かって頂けて嬉しいですわ」

「そういうことなら……」

そう言って、ヴェルナはポケットから取り出した何かを指で弾いた。セシリーは飛んでくるそれを難なくキャッチして見下ろした。それは真鍮貨だった。

「おい、友達。パンを買ってこい」

「それは友達じゃなくてパシリですわッ！」

「セシリーって、結構ノリがいいよな。それで、忠告って何だよ？」

「クロノ様はヴェルナさんに相応しくないと思うんですの」

「さてはあたしに妬いてるな？」

「妬いてません！」

セシリーは声を荒らげ、溜息を吐いた。ちょっと、と手招きをする。

「何だよ？」

「耳を貸して下さらない？」

「面倒臭ぇな」

ヴェルナはぼやきながらセシリーに耳を向けた。

「これはクロノ様に言われたことなんですけれど――」

「マジ⁉ そんなことを言われたの？」

セシリーがクロノに囁かれた内容を口にすると、ヴェルナはぎょっと目を剥いた。

「だから、相応しくないと思いますの」

「相応しいかどうかはともかく、ちょっと覚悟が必要だよな」

「ちょっとという言葉が気になりますけど、ご理解頂けて嬉しいですわ」

セシリーは内心胸を撫で下ろした。もし、興味があると言われたらどうしようかと思っていたのだ。

夜——セシリーは少しだけ憂鬱な気分でベッドに横たわった。今日もあの悪夢を見るに違いない。どうすればあの悪夢を見ずに済むのだろうと考え、思考を中断する。何かが動いたのだ。いや、ヴェルナがというべきだろうか。この部屋にはセシリーの他にヴェルナしかいないのだから。

※

思考を再開しようとすると、またヴェルナが動いた。そわそわと落ち着きがない。これでは考え事に集中できない。ヴェルナを見る。すると、彼女はベッドの上に胡座を組んで座り、体を揺すっていた。

「ヴェルナさん、眠らないんですの？」

「あ、うん……」

セシリーが問いかけると、ヴェルナは動きを止め、気まずそうに視線を逸らした。それで何かあったと確信できた。

「ヴェルナさん？」

「実はクロノ様に呼び出されてて……」

「何ですって⁉」

セシリーはベッドから飛び起きた。まさか、ヴェルナに声を掛けるなんて。

「ヴェルナさんはそれでいいんですの？」

「まあ、あたしも興味がない訳じゃねーし」

ヴェルナはぼりぼりと頭を掻いた。ただ、と続ける。

「正直にいえば覚悟を決める時間が欲しかったな」

「そういうことならわたくしが話をつけてきますわ」

「いいのか？」

「もちろんですわ」

セシリーは胸を張って答えた。他の者——アリッサやシェイナ、フィーではクロノに異を唱えることはできない。自分にしかできないことだ。

「じゃ、頼むよ」

「ええ、ヴェルナさんは大船に乗ったつもりでお待ちになって」

セシリーは力強く頷き、ベッドから下りた。

※

セシリーはクロノの部屋の前で立ち止まった。ヴェルナを待っているのだろう。扉の隙間から光が漏れている。扉をノックしようとして動きを止める。今更ながらネグリジェ姿はマズいのではないかと思ったのだ。かといって部屋に戻ったらヴェルナをぬか喜びさせてしまう。どうすればと思案を巡らせ、このまま行くことにする。無言で中に入り、クロノが混乱している内に用件を伝えて言質を取る。この作戦ならばネグリジェ姿であることは不利に働かないはずだ。扉を開けて中に入り――。

「――ッ！」

セシリーは息を呑んだ。クロノがイスに座ってこちらを見ていたのだ。機先を制すつもりが制された。だが、まだだ。まだ挽回できるはずだ。だがしかし、セシリーよりも速くクロノが口を開いた。

「何の用？」

「ヴェルナさんに夜伽を命じたそうですわね？」

「いや、命じてないよ」

セシリーの問いかけにクロノは首を横に振った。

「部屋に来るようにとは伝えたけれど……」

「夜伽を命じたも同然じゃありませんの！」

「受け取り方は人それぞれだよね」

セシリーは声を荒らげたが、クロノは何処吹く風だ。

「それで、何の用なの？」

「ヴェルナさんはまだ心の準備ができていないそうですわ」

「ふ～ん、それで？」

「心の準備ができるまで夜伽を猶予して欲しいんですの」

「……分かった」

クロノがやや間を置いて言い、セシリーは目を見開いた。正直にいえば断られると思ったのだ。ホッと息を吐こうとして思い直す。クロノがこんな簡単に折れるだろうかという疑問が脳裏を過ったのだ。まさか――。

「ヴェルナさん以外のメイドに夜伽を命じるつもりですわね？」

「そんなこと考えてないよ」

「嘘を吐かないで下さいまし！」

「じゃあ、聞くけど、僕が嘘を吐いている証拠は？」

「ぐッ……」

クロノに切り返されてセシリーは呻いた。証拠なんてある訳がない。

「分かったら帰りなよ。明日も早いんでしょ？」

「……」

クロノが退室を促してくるが、セシリーは従わなかった。ここで引いてヴェルナが夜伽を務めるようなことになったら自分を許せなくなる。クロノは肘掛けを支えに頬杖を突き、溜息を吐いた。

「セシリーは誤解しているみたいだけど、僕は無理強いなんてしないよ？」

「立場を笠に着ているくせに……」

「言いがかりが過ぎるよ」

クロノがうんざりしたように言い、沈黙が舞い降りる。息が詰まるような沈黙だ。その沈黙を生み出したのがクロノならば、破ったのもまたクロノだった。

「自分が代わりに夜伽をするとは言わないんだね？」

「何故、わたくしがそんなことをしなければなりませんの⁉」

「ここで僕がメイドに手を出さないと約束しても……」

そう言って、クロノはイスの背もたれに寄り掛かった。

「セシリーには確かめる方法がないよね？　でも、セシリーが夜伽を務めた日は誰も犠牲にならずに済む。全てを救うことができないのなら我が身を犠牲にして一人だけでも救うべきなんじゃないかな?」

「それは……」

セシリーは口籠もり、あることに気付いた。

「もしかして、最初からそのつもりでしたの?」

「さて、どうだろうね?」

ぐッ、とセシリーは呻いた。そう、最初からクロノの狙いはセシリーだったのだ。

「どうする?」

「わたくしは純白にして秩序を司る神を信仰してますの」

「ああ、婚前交渉は駄目なんだっけ?」

ええ、とセシリーは頷いた。

「だから——」

「なら、ご奉仕で手を打つよ」

「——ッ!」

クロノに言葉を遮られ、セシリーは息を呑んだ。クロノの妻になり、ヴェルナ達に手を出さないように監視するつもりだったのに——。

「改めて聞くけど、どうする?」

「………分かりましたわ」

長い沈黙の後でセシリーは答えた。

「どうご奉仕すればいいんですの？」

「じゃあ、まずはネグリジェを脱いで。もちろん、ブラジャーも外してね」

「――ッ！」

「目で楽しませてよ」

セシリーが睨み付けると、クロノは意地の悪い笑みを浮かべて言った。本当に最低な男だ。ヴェルナ、いや、全てのメイドを人質にとってセシリーを陥れたばかりか破廉恥な要求までしてくる。そんな男を誇り高い、立派な貴族と言ってしまった自分の愚かさに腹が立つ。脱がないの？　と言うようにクロノが目を細める。セシリーは唇を噛み締め、ネグリジェを脱ぎ、ブラジャーを外した。両腕で胸を隠す。

「次は何を？」

「こっちに来て、僕の足下に跪くんだ」

「……分かりましたわ」

セシリーはやや間を置いて頷き、足を踏み出した。本当に最低な男だ。自身の人を見る目のなさにも腹が立つ。だが、何故だろう。足を踏み出すたびにえもいわれぬ快感が背筋

を貫くのは。それだけではない。悪夢が現実になるかも知れないと考えると、体の芯から熱が溢れ出してくる。

やはり、クロノは悪魔だ。自分にとっての、自分だけの悪魔。セシリーはクロノの足下に跪き、犬のように次の命令を待った。

※

ヴェルナがベッドに横たわって天井を見上げていると、トントンという音が響いた。扉を叩く音だ。体を起こし——。

「どうぞ！」

「お邪魔しまーす」

声を張り上げる。すると、シェイナが入ってきた。夜勤を抜け出してきたのだろう。メイド服姿だ。イスを引き寄せ、背もたれを抱くようにして座る。

「首尾はどうだった？」

「夜勤なんだからクロノ様の部屋を覗いてくりゃいいじゃん」

「流石に覗きはね」

ヴェルナの言葉にシェイナは困ったような表情を浮かべた。

「で、どうだった？」

「戻ってこねーし、今頃しっぽりやってんじゃねーの？」

「そりゃそうよね」

それにしても、とシェイナは続ける。

「セシリーがクロノ様に惚れてるってよく分かったわね」

「そりゃ長い付き合いだもんよ」

「長いって、二週間かそこらの付き合いでしょ」

「そうだけど、なんつーか、初対面って感じがしねーんだよ。多分、前世で何か因縁があったんだぜ」

「前世って、難しい言葉を知ってるのね」

「おう、って馬鹿にしてるだろ？」

「してないわよ。でも、どうしてセシリーがクロノ様に惚れてるって分かったの？」

「そりゃ、やたらとクロノ様に反抗的だったし……」

「それ、普通に嫌ってるんじゃない？」

「分かってねーな」

ヴェルナは肩を竦め、首を横に振った。

「セシリーのヤツさ、夜中に色っぽい声でクロノ様って言ったりするんだぜ。夢見が悪かったとか言ってるけど、あれは絶対にクロノ様をオカズにして自分を慰めてたね」

「でも、わざわざ嘘を吐かなくてもよかったんじゃない？」

「そりゃ、あたしだって騙すような真似はしたくなかったけどさ。普通にやってたんじゃ拗れる一方だったと思うぜ」

「……確かに」

シェイナは考え込むような素振りを見せた後で頷いた。

「一番の難関はクロノ様が協力してくれるかだったけど——」

「私も協力したんだけど？」

「分かってる。全部、シェイナとクロノ様が協力してくれたお陰だよ」

「分かればいいのよ」

シェイナが満足そうに笑い、ヴェルナはベッドに寝転んだ。そして、しっかりやれよと心の中でセシリーにエールを送った。

# 幕間『善意は悪意に似る・裏』

話は夕方まで遡る。

※

夕方——クロノが気分転換を兼ねて庭園を歩いていると、ヴェルナが近づいてきた。

「クロノ様、今時間あるか？」

「急ぎの用事はないけど……。どうかしたの？」

「相談したいことがあってさ」

ヴェルナはバツが悪そうに頭を掻いて言った。

「屋敷の備品を壊したんなら——」

「いや、違ーし。あたしが相談したいのはセシリーのことだよ」

「セシリーの？」

ヴェルナが言葉を遮って言い、クロノは鸚鵡返しに呟いた。

「話が長くなるようならあとで時間を作るけど？」

「あ、うん、どうだろ？　そんなに長くならねーと思う」

「そうなんだ」

クロノは内心胸を撫で下ろした。長くならない——つまり、深刻なトラブルが起きた訳ではないということだ。いや、もし仮にそうだとしてもわざわざ相談に来たのだ。真摯に対応すべきだ。そう考えて背筋を伸ばす。

「それで、セシリーがどうしたの？」

「あいつ、クロノ様に惚れてると思うんだけど——」

「それはない」

「いきなり否定するなよ」

クロノが言葉を遮って言うと、ヴェルナはムッとしたように言い返してきた。

「だって、セシリーでしょ？　絶対にないよ」

「それはクロノ様の目が節穴なんだよ。いいか？　セシリーは——」

そう言って、ヴェルナはセシリーがクロノに惚れていると考えた理由を語った。

「どうよ？　これでも絶対にないって言い切れっかよ？」

「今までに幻覚を見たことは？」

「ねーよ！　つか、なんであたしの話を信じねーんだよッ！」

「親征の時にただ歩いてただけなのに蹴りを喰らったからだよ」

「マジ⁉　あいつ、そんなことしたのッ？」

「お陰で側頭部にハゲ、もとい、傷痕が残ったよ」

クロノは髪を撫で、溜息を吐いた。あ～、とヴェルナは呻き、視線をさまよわせた。

「あたしはセシリーを信じるぜ！」

「僕は傷痕の声を信じるよ。傷痕が囁くんだ。セシリーを信じるなって」

「いや、信じろよ！　信じてくれねーと話が進まないじゃんッ！」

「別に無理して進めなくてもいいんじゃない？」

「あたしは進めてーんだよ！」

ヴェルナは声を荒らげ、地団駄を踏んだ。

「分かった。信じてる体で話を進めるよ。で、セシリーが僕に惚れてたらどうなの？」

「あいつってさ、子どもっぽい所があるから普通にしてたんじゃ拗れる一方だと思うんだよ。それで、一計を案じたって訳」

「ほうほう、それで？」

「まず、あたしがセシリーにクロノ様に夜伽を命じられたって言う」

「分かった。じゃ、夜伽を命じる」

「お、おう！」

クロノが切り出すと、ヴェルナは顔を赤らめて答えた。

「って、違ーよ！　本当に命じてどうするんだよ⁉」

「命じて欲しいのかと思って」

「その前に一計を案じたって言っただろ⁉」

「分かった分かった。それで、続きは？」

「次に心の準備ができてないから猶予して欲しいみたいなことを言う。そしたら、『わたくしが話を付けてきますわ』みたいな流れになると思うんだよ」

「なるかな？」

「なるって。で、クロノ様と二人きりになったらセシリーも素直になれると思うんだよ。つー訳で協力してくれよ」

「え〜、なんで僕が……」

「可愛い使用人の期待に応えるのがご主人様の心意気ってもんだろ」

「……分かった」

クロノは悩んだ末に協力することにした。そう言わなければ納得しないだろうし、本当に惚れている可能性もゼロではないからだ。

「サンキュ、クロノ様」

「お礼は言わなくてもいいよ」

本当に惚れてたら美味しく頂いちゃうつもりだし、と心の中で呟く。

「そういえば飴玉を持ってるんだけど……。いる？」

「くれるって言うんならもらうけど、いいのかよ？」

「構わないよ」

クロノはポケットから飴玉を取り出してヴェルナに渡した。

※

夜――クロノが机に向かって仕事をしていると。チーンという音が響いた。卓上ベル型のマジックアイテムが鳴る音だ。どうやら誰かが近づいてきているようだ。羽根ペンを机に置き、扉に向き直る。しばらくして扉が開いた。扉を開けたのはセシリーだった。ネグリジェ姿であることを疑問に思いながら彼女の表情を確認し――。

これは絶対に惚れてない顔ですわ。

と思った。惚れているどころか、不愉快そうな表情を浮かべている。何よりピリピリとした雰囲気を纏っている。ネタばらしをすべきと考えた次の瞬間、セシリーに蹴られてできた側頭部の傷痕が痛んだ。そして、クロノはこの機会に仕返しをすることを決めた。側頭部の傷痕も言っている。犯っちまいな、と。

# 幕間『アレオス山地砦の平穏な日々』

帝国暦四三一年十二月初旬昼過ぎ――ガウルが梯子を伝って物見櫓に上がると、そこには兵士がいた。猪の毛皮を被った見張りの兵士だ。見張りの兵士は南を見つめていた。視線の先には雲海と大地、海が広がっている。美しい風景だ。だが、いつかこの地を血で染めることになるかも知れないと考えるとほんの少しだけ憂鬱な気分になる。ほんの少しだけだ。砦将の責務を果たすことに迷いはない。

風が吹き寄せる。強く、凍てついた風だ。体を強ばらせると、床が軋んだ。その音でガウルの存在に気付いたのだろう。見張りの兵士――ニアがこちらを見る。

「ガウル隊長⁉　どうして、ここに？」

「それはこっちの台詞だ。貴様は俺の副官なんだぞ。こんな所で見張りをしてどうする」

小さく溜息を吐く。ニアはガウルの副官だ。部隊運営が苦手なガウルに代わって事務処理を取り仕切っている。見張り番をしていい男ではない。それに――。

「午後から族長の所に行く予定だっただろう？」

「そうなんですけど……」

ニアはしょんぼりと俯き、上目遣いにこちらを見た。

「行かないと駄目ですか？」

「当たり前だ」

「いつも大した話をしないじゃないですか」

「大した用事がなくても足繁く取引相手のもとに通うのは商売の鉄則と言っていたのは貴様だぞ？　あと、下で次の見張り番が待っている」

「それはそうなんですけど……」

ニアがごにょごにょと言う。もちろん、ガウルはどうしてニアが見張り番を交代したがらないのか知っている。だが、頭ごなしに命令してもニアを追い詰めてしまうだけだ。相談に乗ってやるという体を取らねばならない。

ガウルは腰を下ろした。貴様の話を聞くぞというアピールだ。それが伝わったのか、ニアがこちらに向き直る。だが、もじもじするばかりで口を開こうとしない。このままではずっともじもじしてそうなのでガウルから切り出す。

「リリのことが苦手なのか？」

「苦手という訳じゃ……」

ガウルの問いかけにニアは口籠もりながら答えた。ほぅ、と思わず声を上げる。てっきり苦手なものとばかり、いや、言葉通りに受け取るのはよくない。ニアのことだ。リリの耳に入ったら悲しませてしまうと考えているのだろう。

「本当に苦手という訳じゃないんです。そりゃ、最初は揉みくちゃにされて服を脱がされたりしましたし、胸を押しつけられたり、家に連れ込まれたり、空の散歩に連れて行かれたりもしましたけど……」

そうか、とガウルは頷いた。正直、それだけやられてよく『苦手という訳じゃない』と言えるものだと感心してしまった。

「でも、最近は……。いえ、相変わらずなんですけど、仕事の時はあまり抱きついてこなくなったし、食事も作ってくれたりして……」

ニアは口籠もり、空を見上げた。その瞳には静謐な光が宿っている。ニアなりに自らの境遇を受け入れようとしているのだろう。

「ただ、ちょっと、体が保たないなって……」

そうか、とガウルは再び頷いた。パンパンッという音が響く。ニアが両手で自分の頬を叩いたのだ。すくっと立ち上がる。

「すっきりしました。ガウル隊長、相談に乗ってくれてありがとうございます」

「俺でよければいつでも相談に乗ってやる。遠慮なく話し掛けてこい」

「はい！」

正直な気持ちを伝えると、ニアは元気よく返事をした。わしわしとニアの頭を撫でて立ち上がる。梯子を伝って地面に下りると、次の見張り――鹿の皮を被った兵士が立っていた。梯子を見上げる。ニアは梯子の途中でもたついている。

「すまんな。もう少し待ってくれ」

「はッ、ガウル隊長！」

兵士が敬礼して応じ、ガウルは物見櫓に背を向けた。砦の様子を眺める。砦といっても石で作られたそれではない。丸太で作った柵の内側にいくつかの小屋があるだけの簡素な砦だ。この他に山の稜線に沿うように支砦を設けている。

支砦の件はさておき、ガウルのいる本砦には二十人余りの兵士とルー族の女がいる。何故、ルー族の女がここにいるのか。それは彼女達がいなければ麓から食糧を運ぶのも、水を汲むのも、支砦と連絡を取るのもままならないからだ。背に腹は代えられぬとはいえ、帝国のことをよく知らない彼女達に兵士の真似事をさせるのは少々気が咎める。そんなことを考えていると、柔らかなものが頭に触れた。多分、ニアの尻だ。

「わわッ、ごめんなさいッ！」

「謝る必要はない」

ガウルは一歩前に出て、振り返った。すると、ニアが梯子から飛び下りる所だった。地面に降り立ち、バランスを崩した所を支える。

「気を付けろ」

「ありがとうございます、ガウル隊長」

ニアは恥ずかしそうに言った。兵士としては半人前だが、不思議と憎めないのはニアの人徳だろう。ガウルは鹿の毛皮を被った兵士に視線を向ける。

「待たせたな。では、見張りを頼んだぞ」

「はッ、お任せ下さい」

鹿の毛皮を被った兵士は梯子に手を掛けた。そのまますると登っていく。

「さて、行くか」

「はい！」

ガウルの言葉にニアは元気よく応えた。

※

ガウル達は縄で互いの体を縛り、尾根筋に沿って山を下っていく。先頭を進むのはニアだ。山頂付近は道が細い。さらに道沿いは急勾配になっている。道を踏み外せば滑落して下の岩場に叩き付けられることになるだろう。細いばかりか危険な道だ。だから、縄で互いの体を縛り、ニアを先に進ませる。

問題があるとすればガウルはニアをサポートできるが、ニアはガウルをサポートできないことだろうか。ガウルが道を踏み外せばニアも真っ逆さまだ。申し訳ないが、その時は運命だと思って諦めてもらうしかない。

山頂が遠ざかるにつれて植生が豊かになっていく。草が増え、灌木が散見されるようになり、やがて背の高い木々が現れる。ここまで来れば縄は必要ない。縄を外したいが、ニアは歩調を緩めようとしない。不思議に思ったが、ルー族の集落に着いてから外しても問題ないだろうとそのまま山を下りていく。

しばらくして木の生えていないエリアに出る。そこには斜面に沿うように五十戸ほどの高床式の家が建ち並んでいる。小規模ながら畑があり、山羊や鶏などの家畜もいる。ルー族の新しい集落だ。

視線を巡らせる。ルー族の集落では男達――ガウルの部下が働いていた。大工仕事をしたり、家畜の世話をしたり、干し肉を作ったり、パンを焼いたりしている。皆、生き生きと仕事をしている。それは自身の身に付けた技術が日の目を見ているからではない。ルー族の女がキラキラと目を輝かせて見ているからだ。要するに格好いい所を見てもらいたくて張り切っているのだ。彼らを見ていると、数百年に渡る恩讐云々と言っていた自分が馬鹿に思えてくる。

ふとあることに気付く。何人かの部下が毛皮を被っているのだ。流行っているのか？　と腕を組んで首を傾げる。そんなことを考えていると、ガウル隊長という声が聞こえた。ニアの声ではない。声のした方を見ると、男がこちらに駆けてくる所だった。兎の毛皮を被った背の低い男だ。名をチャコルという。チャコルはガウルの前で立ち止まると背筋を伸ばして敬礼をした。

「ガウル隊長、ありがとうございます！」

「藪から棒にどうしたんだ？」

ガウルが困惑しつつ問いかけると、チャコルはだらしなく相好を崩した。それから兎の毛皮に触れる。

「毛皮をもらったんです」

ほう、とガウルは声を上げた。毛皮をもらったからどうしたんだと思ったが、口にはしない。世の中には口にしなくてもいいことがあるものだ。

「よかったな」

「はい、ガウル隊長！　これもガウル隊長のお陰ですッ！」

優しく声を掛けると、チャコルは目を潤ませて言った。孤立しがちなタイプなので心配していたのだが、この分だと自分の居場所を見つけられたようだ。

「頑張れよ」

「もちろんです！」

チャコルは踵を返すと走り出した。結局、何に対して礼を言っていたのか分からずじまいだったが、部下が生き生きとしているのはいいことだ。その時、縄が引かれた。反射的に縄を見る。すると、縄が空に向かって伸びていた。その先にはリリに抱きかかえられたニアの姿があった。当然、彼女は刻印を浮かび上がらせている。

ああ、とガウルは声を上げた。このためにニアは縄を外そうとしなかったのだ。

「リリ！」

「嫌、ニア、連れてく」

大声で名前を呼ぶが、リリは地面に下りようとしなかった。それどころか、ぐいぐいとニアを引っ張って何処かに連れ去ろうとする。

「待て！」

「待つ、ない」

「ニアが千切れる！」

「――ッ！」

ガウルが叫ぶと、リリはぴたりと動きを止めた。視線を落とす。そこにはぐったりしたニアの姿があった。マズいと思ったのだろう。リリは地面に降り立った。

「縄、外す」

「それはできない相談だ」

「意地悪」

ガウルが拒否すると、リリは拗ねたように唇を尖らせた。

「ニアは体が弱い。乱暴に扱ったらすぐに死んでしまうぞ？」

「嘘」

「嘘じゃない」

これは方便だ、と心の中で嘯く。う～、とリリは唸り、ニアを見つめた。やはりというべきか、ニアはぐったりしている。その姿を見ていると、本当に体が弱いのではないかという気がしてくる。

「ニアを抱き締めるのは夕食を摂った後にしろ」

「ひどい」

「ひどくない」

リリが涙目で言うが、ガウルは取り合わなかった。

「どうする？」

「………分かった」

リリがかなり間を置いて答える。まったく、とガウルは溜息を吐き、縄を解いた。ガウル隊長？　とニアがこちらに視線を向ける。

「どうせ、大した話はしない。お前はリリといちゃついてろ」

「ガウ──ぐぇッ！」

ニアが潰れた蛙のような声を出した。リリが腕に力を込めたのだ。言ったそばからこれだ、と溜息を吐く。すると、リリはバッと手を上げた。

「ニア、家、行く？」

「は、はい……」

ニアがおっかなびっくり手を差し出すと、リリは刻印を消して手を握り返した。はにかむような笑みを浮かべて歩き出す。やれやれ、とガウルは溜息を吐き、集落の中心──族長の家へと向かった。族長の家の前で立ち止まる。前の集落もそうだったが、族長の家は集落にあるどの家よりも立派だ。扉は開け放たれ、色鮮(いろあざ)やかな布が掛(か)けられている。南辺境との交易で手に入れた布だ。

深呼吸して足を踏み出す。階段を登り、布を潜(くぐ)り抜ける。布を潜り抜けた先は奥行(おくゆ)きのある空間になっていた。神殿(しんでん)を模しているつもりか、多くの柱が並んでいる。族長はその奥にいた。玉座を模したと思(おぼ)しきイスに座(すわ)ってこちらを見ている。

「お前はいつも唐突(とうとつ)に来る」

「忙(いそが)しいのなら出直す」

「構わん」

「ならば問題ないな」

そう言って、ガウルは足を踏み出した。適当と思われる距離(きょり)を保って立ち止まる。ほう、と族長が声を上げた。

「お前は毛皮を被っておらぬのだな？」

「俺の部下が毛皮を被っていたが……。ルー族の風習か？」

「我らの風習ではないな」

くくッ、と族長は愉快(ゆかい)そうに笑った。脚(あし)を組み、肘掛けを支えに頬杖を突(つ)く。

「ルー族の風習でないのなら何なんだ？」

「ふむ、その質問に答えるのは難しい。とても難しい」

「時間のことを気にする必要はない。じっくり考えて、それから教えてくれ」

「用事があって来たのではないのか？」

ガウルの言葉に族長は訝しげな表情を浮かべた。

「商人は用事がなくとも足繁く顧客のもとに通うそうだ」

「帝国人は訳の分からぬことをする」

「俺もそう思う」

ふむ、と族長は頷き、脚を組み替えた。沈黙が舞い降りる。ただの沈黙だ。しばらくして族長が口を開く。

「一言でいえば遊びだ」

「それの何処が難しいんだ？」

「私から見れば遊びに過ぎんが、当人達には思い入れがあるということだ」

「訳が分から、いや、そんなものかもな」

「何故、そう思った？」

「子どもの頃を思い出しただけだ」

子どもの頃、奇妙な形をした石を拾った。それをガウルは宝物にしていた。今にして思えば面映ゆい限りだが、当時のガウルには紛れもなく宝物だった。そういえばあの石は何処に行ったのだろう。そんなことを考えていると、背後から足音が聞こえた。荒々しい足音だ。音が止んだ次の瞬間――。

「ガウル！」

背後から声が響いた。振り返ると、ララが立っていた。身の丈ほどある二本の棒を持っている。ふぅという音が響く。族長が溜息を吐いたのだ。

「狩りの調子はどうだった？」

「俺、鹿、獲った。今、解体、している」

「ふむ、ガウル殿。今宵は食事を共にどうか？」

族長の言葉にララはムッとしたような表情を浮かべた。

「鹿、冷やす、必要、ある」

「三日前に獲った猪があろう。それに、今日は客が来る。そのついでだ」

「族長、命令、従う」

やはり、ララはムッとしたように言った。

「ガウル殿、先程の問いに答えてもらえぬか？」

「……ご相伴に与らせてもらう」

ガウルは族長に向き直って答えた。ここまで嫌がられているのだ。正直、一緒に食事をしたいとは思わない。だが、帝国もまた共に歩む道を模索することを約束したのだ。断ることはできない。

「……ガウル」

「――ッ！」

ララがぼそっと呟き、ガウルは振り返った。何かが飛んでくる。反射的に受け止めたそれは木の棒だった。

「ガウル、来る、戦う」

「俺は――」

「用事はないのだろう？」

族長に言葉を遮られ、ガウルは顔を顰めた。それに、と続ける。

「もうすでに何度も手合わせをしているではないか。今更、何を躊躇う？」

「それはそうだが……」

ガウルが口籠もると、族長は意地の悪い笑みを浮かべた。

「やはり、負けるのが嫌か？」

「俺は負けていない」

「ガウル、嘘吐き。俺、いつも、勝つ」

ガウルがムッとして言い返すと、ララが鼻で笑った。乗せられているようで面白くないが、ここまで言われたら戦うしかない。

「来る」

「望む所だ」

ララが顎をしゃくって歩き出し、ガウルはその後を追った。入り口を覆う布に手を掛けると、背後から族長の声が響いた。

「所詮、遊びだ。気楽にやれ」

「俺は遊びにも全力を尽くすタイプだ」

「ふん、まあ、そういうことだ」

ガウルは動きを止め、肩越しに背後を見た。族長が頬杖を突いてこちらを見ている。

「どういうことだ？」

「お前は鈍すぎる」

族長は呆れたように言い、さっさと行けというように手を振った。イラッとしたが、遅れたせいで負け扱いされるのも癪だ。正面に向き直り、族長の家から出る。ララは——族長の家から少し離れた場所で立ち止まり、こちらを見ていた。来いと言うように顎をしゃくり、斜面を下りていく。

斜面を下りきった所でララが足を止める。そこは小川の畔だった。ララがこちらに向き直って木の棒を構える。手の位置から槍に見立てていると分かる。ガウルも木の棒を構える。すると、ララが訝しげな表情を浮かべた。手の位置がいつもと違う——木の棒の中心寄りにあることに気付いたのだ。

ララは眉間に皺を寄せている。ガウルの意図を読もうとしているのだろう。そのまま五秒が経ち、十秒、二十秒——一分余りが過ぎ、眉間から皺が消える。どうやら考えが纏まったようだ。ララが動く。一気に距離を詰め、木の棒を振り下ろしてくる。開始の合図はなかったが、卑怯とは思わなかった。そもそも、この手合わせに明確なルールは存在しない。それでも、卑怯と思うのならばルールを定めるべきだ。ララにだってその程度の度量はある。要するにこれは合意の上ということ。

それはさておき、まさか真っ正面から突っ込んでくるとは思わなかった。眉間に皺を寄せていたのは何だったのかと言いたい。とはいえ、文句を言う訳にもいくまい。考え抜いた末に真っ正面から突っ込むという選択をした可能性もあるのだから。

側面に回り込もうと足を踏み出す。すると、ララが弾けるように横に跳んだ。それだけではない。体を捻りながら攻撃を仕掛けてくる。横薙ぎの一撃だ。ふと彼女が真っ正面から突っ込んできた理由に気付く。あれはフェイントだったのだ。

恐らく、ララはガウルの意図に気付けなかったに違いない。だが、無策で挑めばやられてしまう。そこで正面から突っ込むふりをしたのだ。攻撃をするつもりがなかったからガウルが足を踏み出した瞬間に横に跳び、体を捻りながら攻撃を仕掛けられたのだ。分からないなりに対処した。素晴らしい。やはり、彼女は優れた戦士だ。しかし、この程度でやられる訳にはいかない。

乾いた音が響く。ガウルが木の棒で攻撃を受け止めた音だ。ララが距離を取るべく後ろに跳ぶ。槍相手であれば悪手だ。真後ろに逃げれば追撃される。だが、ガウルは木の棒の中心付近を握っている。必然、間合いは短くなる。槍ほど遠くまで攻撃できない。よってララの対応は悪手とまでは言えない。悪手はその前の段階――木の棒の中心付近を握っている理由に気付けなかったことだ。

ガウルはララに合わせて前に出て、木の棒を突き出した。これは読まれていたらしく難なく受け止められる。だが、ガウルはすかさず次の攻撃を繰り出した。槍ならば有り得ないスピードだ。ララは驚いたように目を見開き、口惜しげに顔を歪めた。棒の中心付近を握っている理由にようやく気付いたのだろう。そう、ガウルは木の棒を槍ではなく、杖として使ったのだ。ガウルは立て続けに攻撃を繰り出した。たちまちララは攻撃を躱すだけで手一杯になる。

この状況を抜け出すには刻印術が必要だ。手合わせで刻印術の使用を禁止している訳ではないが、ここで使われるのはつまらない。だから、ガウルは歯を剥き出して笑った。ララはハッとしたような表情を浮かべ、それから口惜しげに顔を歪ませた。馬鹿にされたと思ったに違いない。刻印術を使わずにガウルの攻撃を凌ぐが、それも長くは続かない。突然、ララがよろめく。石を踏んだか、段差に足を取られたかしたのだろう。疲れてさえいなければ立て直せたと思うが、不運としか言いようがない。とはいえ、このチャンスを逃したくはない。

ガウルは大きく踏み込み、攻撃を繰り出した。だが、攻撃は空を切った。ララが体を捻り、攻撃を躱したのだ。ここまで追い込まれても勝負を捨てないのは見事だ。しかし、それは悪あがき――一手分決着を先延ばしにしたに過ぎない。追撃すべく足を踏み出す。いや、踏み出そうとしたというべきか。何かに動きを阻まれて足を踏み出せなかったのだから。わずかに視線を落とす。すると、ララが足で太股を押さえているのが見えた。悪あがきだと思ったが、なかなかやる。いや、違うか。決着がついていないにもかかわらず勝ったと思い込んだ自分の未熟さを恥じるべきだ。

強引に足を踏み出し、木の棒を振るう。今度も攻撃が空を切る。ララはガウルが前に出た勢いを利用して跳んだのだ。距離を取り、彼女は歯を剥き出して笑う。どうだと言わんばかりの表情だ。

ガウルは再び木の棒を構える。すると、ララも構えた。自身の体で木の棒を隠すような構えだ。剣術の脇構えに似ている。どんな攻撃を仕掛けてくるつもりだろう。口角が吊り上がる。ララが動く。構えを維持したまま距離を詰め、腕を大きく振りかぶる。そのまま振り下ろすつもりだろうが、これでは届か――ガウルは反射的に後ろに跳んだ。木の棒が一瞬前までガウルがいた場所を通り過ぎる。どっと汗が噴き出す。後ろに跳んでいなければ強かに頭を打ち据えられていた。何故、リーチが伸びたのか。答えを半ば確信しながらララの手に視線を向ける。予想通り、彼女は木の棒の末端を握っていた。

距離を詰めるために足を踏み出す。すると、ララは横に跳んだ。空中で回転し、着地と同時に横薙ぎの一撃を放つ。狙いは胴だ。木の棒で横薙ぎの攻撃を受ける。反撃に転じようとするが、それよりも速くララは地面を蹴っていた。同じように空中で回転し、着地と同時に横薙ぎの一撃を放つ。今度も狙いは胴だ。先程と同じように受ける。直後、ララは後方に跳躍する。着地と同時に地面を蹴り、脳天目掛けて木の棒を振り下ろしてくる。前に出て攻撃を躱すが、反撃に転じることはできなかった。ララがまたしても距離を取ったのだ。もちろん、距離を取っただけではなく攻撃を仕掛けてくる。ガウルが攻撃を受け、ララが距離を取って攻撃を仕掛ける。そんなルーチンじみた攻防が繰り返される。

正直、面白みに欠ける戦いだ。どうして、こんな戦い方をするのかと考えたその時、閃くものがあった。なるほど、そういうことか。ララの目的はガウルにつまらないと思わせることなのだ。ならば次の一手は——。

不意にララの姿が掻き消え、ガウルは足下に視線を向けた。すると、地を這うような一撃が迫っていた。予想通りだ。ララはルーチンじみた攻防を繰り返すことでガウルの集中力を削ぎ、反応を遅らせることでこの攻撃を成功させようとしていたのだ。予想外のことがあるとすれば攻撃のスピードが速すぎたことだろう。これでは攻撃を躱すどころか、木の棒で受けることもできない。

仕方がない、と片足に体重を掛ける。次の瞬間、衝撃が走った。ララの攻撃が臑を捉えたのだ。痛い。骨にまで響くとはこのことだ。だが、痛みを噛み殺し、木の棒を突き出す。すでに手の位置は変えてある。それに気付いたのだろう。ララは地面を転がって攻撃を躱す。だが、逃がすつもりはない。距離を詰め、次々と攻撃と繰り出す。ララは立ち上がることもできずに地面を転がり続け、刻印術を使った。赤い刻印が浮かび上がり、大気が陽炎のように揺らめく。

ガウルは無駄と知りつつ木の棒を突き出した。案の定というべきか。木の棒はララに触れることなく動きを止めた。刻印の作り出す不可視の力場が攻撃を受け止めたのだ。ララは立ち上がり、距離を取った。彼女は敗北を免れたにもかかわらず、ムッとしたような表情を浮かべている。そんな顔をするくらいなら刻印術を使うなと言いたいが、刻印術を使ってでも負けたくなかったのだろう。ここから先はララの遊びに付き合う。そう考えれば勝利を逃したことにも納得できる。それに、いつもこの展開になるのだ。いちいち怒っていたら遊び仲間を失ってしまう。深呼吸して木の棒を槍に見立てて構える。だが、ララは構えようとしない。仕方がなく声を掛ける。

「どうした？　もう遊ばないのか？」

「……」

問いかけるが、ララは答えない。

「最後まで楽しもう」

「……分かった」

ララはやや間を置いて頷き、木の棒を構えた。気持ちに整理がついたのだろう。獰猛な笑みを浮かべている。そうでなくてはとガウルも笑う。遊びは本気でやるから面白い。ララが身を屈める。全力で突きを放つつもりだろう。避けられた後のことなど考えない。その思いきりのよさは嫌いじゃない。

ならば自分も全力で応じるべきだろう。神速の突きを放つために木の棒を握り直し、全身の力を抜く。ララに見切られてからさらに研鑽を積んだ。これなら、いや、今は考えるべきではない。当たるも当たらぬもこの場では不純物だ。ただ放つ――それだけに専念すればいい。そう考えた途端、体からさらに余計な力が抜けたような気がする。心も羽のように軽やかだ。今ならば最高の一撃を放てる。

先に動いたのはララだった。解き放たれた矢のように加速する。迎え撃つべくゆるりと体を動かす。瞬く間に距離が詰まる。神速の一撃を放つべく力を爆発させる。否、爆発させようとした刹那、臑に痛みが走った。さっきララの攻撃を受けた箇所だ。完璧に噛み合っていた歯車が狂い、ガウルは前のめりに倒れた。そこに衝撃――多分、ララが激突したのだろう。ハッとして振り返ると、ララが小川に落ちる所だった。水飛沫が盛大に飛び散り、ガウルは木の棒を支えに立ち上がった。小川に歩み寄る。すると、ずぶ濡れのララが恨みがましそうにこちらを見ていた。戦意はないらしく刻印を消している。

「お前、卑怯」

「わざとでは……。いや、卑怯だったな。すまなかった」

ガウルは反論しようと口を開いたが、すぐに思い直して謝罪した。言い分はあるが、楽しい時間に水を差してしまったのは事実だ。

「許す、手、貸せ」

「……分かった」

ララがそっぽを向いて言い、ガウルは嫌な予感を覚えながら手を差し出した。予感は的中した。ララは手を掴むなり、ぐいっと引っ張ったのだ。万全の状態であれば彼女を引っ張り上げることも可能だが、今は無理だ。怪我をしている。ガウルは堪えきれずに前のめりに倒れた。さらにララを巻き込み、水飛沫が上がる。体を起こすと、右手に柔らかなものが触れた。それが何なのか。怒っているような、拗ねているようなララの顔を見れば察しが付く。右手に触れているのはララの胸だ。

「退く」

「あ、ああ……」

ガウルは口籠もりながらララから離れた。ぶるりと身を震わせる。まさか、真冬に小川に飛び込むことになるとは思わなかった。それはララも同じらしい。彼女はぶつくさと文句らしきことを言いながら立ち上がり、羽織っていた毛皮を脱いで川岸に放った。やはりぶつくさと文句らしきことを言いながら下半身を覆う布を絞る。そんな彼女をぼんやりと眺める。やはり、美しい。ふと右手を見下ろす。その時、バシャッと水が掛けられた。手で顔を拭い、ララの方を見る。腰に手を当て、こちらを見ている。

「何、してる？」

「何もしていない」

「お前、嘘吐き！」

そう言って、ララは水を蹴った。水が掛かる。手の甲で水を拭う。すると、ララは悪戯っ子のような笑みを浮かべていた。こいつめ、と立ち上がり、ララに水を掛ける。

「何、する？」

「ふん、水を掛けられたお返しだ」

「――ッ！」

ガウルが鼻を鳴らすと、ララは柳眉を逆立てた。そして、水を掛けてきた。

「お返し」

「くッ、やったな！」

ふん、とララが鼻を鳴らし、ガウルは両手を水に浸けた。もちろん、やり返すためだ。

※

夕方――ガウルがくしゃみをすると、ララは顔を顰めた。

「何だ、その顔は？」

「汚(きたな)い」

ぐッ、とガウルは呻(うめ)いた。悪気はないのだろうが、コミュニケーションに難儀(なんぎ)する相手に言われるとショックが大きい。ぶるりと身を震わせ、体を見下ろす。お返し——報復が報復を呼び、ずぶ濡れだ。真冬に馬鹿なことをしたものだと思う。だが、気分は不思議と晴れやかだ。こういうのも悪くはない。岸に上がる。すると——。

「怒ったか？」

「いや……。だが、水遊びはこれで終わりだ」

「お前、な——くしゅッ」

ララは何事かを言いかけ、くしゃみをした。手を差し出す。だが、ララは手を取らずに岸に上がった。毛皮を手に取り、脇に抱(かか)える。どちらからともなく歩き出し、斜面を登って族長の家の近くに出る。すると、そこには十数人の男がいた。皆、いや、一人を除いて大きな荷を背負っている。先頭に立っていた男がこちらを見る。

「おッ？　タウルの倅(せがれ)じゃねぇか」

先頭に立っていた男——クロードがこちらにやって来る。

「何故、クロード殿がここに？」

「何故も何も交易をしてるからに決まってるだろ」

「それは分かっていますが……。荷運びはルー族に任せればいいのでは？」

「まあ、普段はそうしてるんだがな」

クロードはぽりぽりと頭を掻いた。もしや――。

「トラブルでもあったのですか？」

「いや、平和なもんだぜ」

「では、何故？」

「そりゃ、俺達なりに共に歩む道とやらを模索してんだよ」

「……なるほど、そういうことですか」

クロードが肩を竦め、ガウルはやや間を置いて頷いた。恐らく、クロード――南辺境の貴族は徐々に交流を増やしていくつもりなのだろう。荷を背負った男達を見る。皆、大きな荷を背負っているだけあって屈強そうだ。年齢は最年長と思しき者でも二十代半ばに届かないくらいか。

「選考基準は年齢ですか？」

「それもあるが、それなりに分別のある連中を選んだつもりだ」

クロードは苦笑じみた笑みを浮かべて言った。

「何か気になることでも？」

「いや、俺も歳を取ったと思ってな」

「そうですか」

何と言っていいのか分からないが、とりあえず相槌を打つ。多分、選考にあたって自分の年齢を意識することがあったのだろう。ところで、と言ってクロードはガウルとララをしげしげと眺めた。

「どうして、ずぶ濡れなんだ？」

「水遊びをしていました」

「水遊び⁉」

ガウルが正直に答えると、クロードは驚いたように目を見開いた。

「こんな真冬に、いや、若ぇもんな。そういうこともあるか」

「クロード殿にもそんな経験が？」

「俺は真冬に水遊びなんてしねぇよ」

ガウルの問いかけにクロードは真顔で答えた。

「経験がないのなら何故？」

「真冬に水遊びの経験はねぇが、俺も若い頃は色々と無茶をやったもんだ」

はあ、とガウルが相槌を打ったその時、族長が家から出てきた。

「よく来たな」

「約束は守る主義でよ」

「そうあって欲しいものだ」

ふふふ、とクロードと族長が笑う。笑いが止み、族長がガウルに視線を向ける。

「何故、びしょ濡れなのだ？」

「水遊びをしてたんだとよ」

族長の問いかけに答えたのはクロードだった。族長がぎょっと目を剥く。

「正気か？」

「二人とも若ぇんだ。そういうこともある」

「私にはなかったぞ」

「俺にだってねぇよ」

「では、何故そういうこともあると言ったのだ？」

「若ぇヤツの心意気を買ってやるのが年寄りの務めだ」

「年寄りか」

族長は小さく呟き、困ったような笑みを浮かべた。

「まあ、よい。二人とも服を乾かしてこい」

「分かった。ガウル、来い」

ララが歩き出し、ガウルは一礼して後を追った。案内されて辿り着いたのは集落の外れにある家だった。扉に熊の頭蓋骨が打ち付けられている。彼女は扉の前で立ち止まると肩越しに視線を向けてきた。

「うち、入る」

「いいのか？」

「何、言ってる？」

「気にしないのならいいんだが……」

ララに問い返され、ガウルは頭を掻いた。考えてみれば彼女は女だけの環境で暮らしてきたのだ。男女の距離感を理解できなくても仕方がない。俺がしっかりしていればいいことだ、と自分を納得させる。

「来る」

「分かった」

ララが扉を開けて家に入り、その後に続く。入ってすぐの所で立ち止まり、視線を巡らせる。家の中央には囲炉裏があり、その隣には薪が積んである。さらに隅には壺と大きな箱、乾燥した草の上に毛皮を被せた寝床らしきものがあった。変わった間取りだが、これは古い住居の間取りを再現したせいだろう。ガウルはララに視線を戻し、慌てて顔を背けた。というのも彼女が服を脱いでいた――生まれたままの姿になっていたからだ。

「ガウル、何故、顔背ける？」

「服を着ろ」

「何故？」

「何故って……」

ララが不思議そうに言い、ガウルは口籠もった。帝国では裸を他人に見せるのは恥ずかしいこととされている。この説明で納得してくれればいいのだが、ララが納得する姿をイメージできなかった。質問責めにされる自身の姿なら容易くイメージできたのだが――。

「とにかく服を着ろ」

「…………分かった」

かなり間が空いたものの、ララは頷いた。ホッと息を吐く。がさごそと音が響く。何をしているのか気になるが、見るという選択肢は存在しない。顔を背けたまま、ぎゅっと目を閉じる。しばらくして音が止んだ。

「着たか？」

「着た」

「本当だな？」

「俺、ガウル、違う」

念を押すと、ララはムッとしたように答えた。多分、『私は貴方と違って嘘を吐かない』と言いたいのだろう。だが、鵜呑みにする訳にはいかない。腰に布を巻いているだけの可能性もある。ガウルは目を開け、視線のみを動かしてララの様子を確認した。よく見えないが、腰に布を巻いているだけではなさそうだ。ゆっくりと、これ以上ないくらいゆっくりとララに向き直り、ぐッと呻く。

「俺、服着た」

「確かに服を着ているが……」

ガウルは口籠もった。確かにララは服を着ている。だが、それは丈が短い上、パッツンパッツンな——超ミニワンピースというべき代物だ。

「駄目か？」

「駄目ではないが……。どうして、そんな服を？」

「これ、小さい、服」

小さいのは分かっていると突っ込みそうになったが、ぐっと堪える。多分、幼い頃に着ていた服みたいなニュアンスだろう。

「物持ちがいいんだな」

「母、作った」

「そうか」

「そう」

ガウルが相槌を打つと、ララはちょっとだけ寂しそうに笑った。家族について聞いたことはなかったが、彼女の表情を見れば死んでいることくらい容易に想像がつく。何と言うべきか悩んでいると、ララが口を開いた。

「ガウル、脱げ」

「俺はこのままでいい」

「病気、なる。脱げ」

「……………分かった」

これくらいで風邪を引くような柔な鍛え方はしていないと言いたかったが、彼女の亡くなった母親の件もある。ララの言葉に従うことにする。ガウルは軍服に手を掛け、妙な視線を感じてララを見る。すると、ララは食い入るようにこちらを見ていた。

「何故、見ている？」

「俺、見る、ない」

そう言って、ララは囲炉裏に向かった。囲炉裏の前に座り、火を起こす。何が嘘を吐かないんだか、とガウルは軍服を脱ぎ、パンツ一丁になる。ぶるりと身を震わせると、ララがこちらを見た。

「火、当たる」

「ああ、分かった」

ガウルはララの側面に座った。

「何故、そこ?」

「俺はここが好きなんだ」

「ガウル、変」

ララは不可解と言わんばかりの表情を浮かべている。気持ちは分かる。だが、対面に座ったら見えてしまうかも知れないなんてことを言う訳にはいかないのだ。ガウルがぼんやりと囲炉裏の火を眺(なが)めていると、ララが声を掛けてきた。

「……ガウル」

「何だ?」

「俺、変か?」

「何がだ？」

ガウルが問い返すと、ララは視線を逸らした。おずおずと口を開く。

「さっき、顔背けた」

「あれは……」

ガウルは口籠もり、自らの失策を悟った。これでは疑念を抱かせてしまう。変じゃないと言えばそれで済む話なのに口籠もってしまった。

「いや、変じゃないぞ」

「なら、何故、顔背けた？」

慌てて言い直すが、疑念を払拭することはできなかったようだ。

「それは……」

「何故？　理由、言え」

ガウルが口籠もると、ララは身を乗り出した。四つん這いになって近づいてくる。思わず視線を逸らす。着ている服が服だけに目のやり場に困る。

「何故、目、逸らす？」

「それは……」

「それは？」

ララが鸚鵡返しに呟き、ガウルは観念した。そもそも厄介事を避けようとした自分が悪いのだ。きちんと説明せねばなるまい。意を決して口を開くと、くしゃみが出た。

「すまんな」

「もういい」

ガウルが鼻を擦りながら謝罪すると、ララは小さく溜息を吐いて立ち上がった。家の隅にある大きな箱に歩み寄り、熊の毛皮を持って戻ってくる。熊の毛皮を差し出し――。

「やる」

ぶっきらぼうな口調で言った。ガウルは熊の毛皮とララを交互に見る。

「もらっていいのか？」

「やる。水、掛けた、詫び」

念のために確認すると、やはりぶっきらぼうな口調で答えた。

「ありがたく頂戴する」

「――ッ！」

ガウルが熊の毛皮を受け取って頭から被ると、ララは嬉しそうにも、恥ずかしそうにも見える表情を浮かべた。熊の毛皮に触れる。この毛皮にどんな意味があるのか尋ねたかったが、怒らせてしまいそうだったので黙っておくことにした。

※

夜──ララが薪を囲炉裏にくべる。その拍子に薪が崩れ、火の粉が舞い上がる。ガウルはぼんやりと火の粉を眺め、腹が減ったなとお腹を押さえた。耐えがたいほどとは言わないが、苦痛に感じる程度に空腹感が高まっている。

ぐ～という音が響く、腹の鳴る音だ。夕食がいつ頃になるか確認すべきかと考え、すぐに思い直す。砦将として、『鉄壁』の二つ名を持つタウル・エルナト伯爵の息子としてみっともない真似はできない。そう自分に言い聞かせて空腹に耐えていると気配を感じた。振り返ると、扉が開く所だった。扉を開けたのはニアだ。隣にはリリの姿がある。ガウルの言いつけを守ってくれたのだろう。ニアは元気そうだ。

「しょ──」

食事か？　と尋ねようとして口を噤む。みっともない真似をしてしまった。ごほんごほん、と咳払いをして改めてニアに視線を向ける。

「ニア、どうした？」

「ガウル隊長、その格好は？」

「ああ、これか」

ガウルは自分の体を見下ろした。軍服はすでに乾き、その上に熊の毛皮を被っている状態だ。ニアにはガウルがこんな格好をしていることが信じられなかったのだろう。

「ララにもらったんだ。温かくていい感じだぞ」

「おめでとうございます！」

「ん？　ありがとう」

ニアが勢いよく頭を下げ、リリがパチパチと手を打ち鳴らす。どうして二人がそんなことをしているのか分からないが、とりあえず礼を言っておく。背後で風が動く。ララが立ち上がったのだろう。ガウルも立ち上がりたかったが、用件を確認するのが先だ。

「それで、何の用だ？」

「あ、ああ、失礼しました。宴の準備ができたとのことです」

「分かった」

ガウルが立ち上がると、ララが脇を通り過ぎた。もちろん、あの超ミニワンピースは着ていない。いつもと変わらぬ格好だ。扉の前で立ち止まる。ニアとリリが行く手を塞いでいるからだ。

「ララ、隅、置く、ない」

「黙る！」

ララが声を荒らげると、リリはニアを抱いて逃げ出した。キャーッ！　と楽しそうな声を上げている。ララが肩越しにこちらを見る。

「行く」

「ああ、分かった」

ララが歩き出し、ガウルは後を追った。家から出て、軽く目を見開く。夜にもかかわらず外が明るかったのだ。その理由はすぐに分かった。マジックアイテムだ。木の枝を組み合わせて作った台座にマジックアイテムが置かれていた。それが族長の家の方へと続いている。ルー族がマジックアイテムを作れることは知っていたが、まさかこれほどとは思わなかった。

「ガウル？」

「すまない」

ララが気遣わしげに言い、ガウルは歩調を速めた。肩を並べて歩き出す。

「どうした？」

「ルー族はマジックアイテムが作れるのに殆ど使ってないんだな」

「呪具、作る、族長、スーだけ」

「それは知っているが、マジックアイテムを使えば便利な生活を送れたんじゃないか？」

「呪い、精霊、同じ」

「信仰の対象ということか？」

「族長、言ってた。強い力、身、滅ぼす」

そうか、とガウルは頷き、歩を進める。しばらく進むと宴の会場が見えてきた。族長の家の前にイスと丸太が楕円を描くように配置され、その中心に炎が見える。ララが歩調を速め、ガウルも速める。程なく宴の会場に着き、視線を巡らせる。上座にはクロードと族長が座っている。二人の隣の席は空いているが、『ついで』の身で上座に座る訳にはいかない。何処に座るべきか。悩んでいると、上座にいたクロードが手を上げた。

「おい、こっちに来い！」

本当にいいのだろうか、と隣にいる族長に視線を向ける。すると、族長は頷き、ガウルからわずかに視線を逸らす。ララを見ているようだ。ララも上座に座れということだろうか。ララに視線を向ける。何となく戸惑っているように見える。

「行くぞ？」

「……」

声を掛けると、ララは無言で頷いた。上座に向かい、クロードの隣で立ち止まる。

「まあ、座れや」

「失礼いたします」

ガウルがクロードに一礼して隣の席に座ると、ララは族長に一礼してその隣の席に座った。ニアは、と視線を巡らせる。幸いにもというべきかすぐに見つかった。宴の会場から少し離れた場所でリリに抱き締められ、さらにルー族の女達に囲まれていた。以前のように揉みくちゃにされていないので、問題なさそうだ。

「ところでよ」

「何ですか？」

クロードに声を掛けられ、ガウルは体を彼の方に向けた。

「なんで、熊の毛皮なんぞ被ってるんだ？」

「これはララからもらったものです」

「なんだ、そういうことか」

クロードが納得したように言い、族長が愉快そうに喉を鳴らした。それが気になったのだろう。クロードが族長に視線を向ける。

「どうしたんだ？」

「なに、こちらのことだ」

族長が笑いを押し殺しているかのような口調で言うと、クロードは訝しげな表情を浮かべた。視線を巡らせ、ああと声を上げた。

「なんだ、そういうことかよ」

「そういうことだ」

どういうことなんだ？　と思ったが、二人の会話に割り込む訳にもいかない。仕方がなく視線を巡らせる。毛皮を被っている者の共通点を探れば答えは明らかになるはずだ。どうやら毛皮を被っているのは自分の部下だけだ。共通点は軍人と考え、すぐに考えを改める。クロードの部下にも毛皮を被っている者がいたのだ。ガウルが悩んでいる間にもクロードと族長は会話を続ける。

「上手くやってるみたいで安心したぜ」

「上手く、な」

「ん？　トラブってんのか？」

族長が揶揄するかのような口調で言うと、クロードは訝しげに尋ねた。ガウルは毛皮を被っている者の共通点を探す。クロードの部下にも毛皮を被っている者がいるので職業は除外していいだろう。身長や体重、外見的な特徴も除外してよさそうだ。

「今の所、問題は起きていない」

「じゃあ、何が問題なんだ？」

「あれは遊びのようなものだ」

「辛辣なことを言いやがるな。もうちっと温かい目で見てやれよ」

「年寄りらしくか？」

「根に持ちやがるな」

「ふん、性分だ」

クロードがうんざりしたように言うと、族長は不愉快そうに鼻を鳴らした。

「そういや聞きたいことがあるんだけどよ」

「何を聞きたい？」

「大理石って知ってるか？　ああ、大理石ってのは白い石のことなんだけどよ」

「生憎、見た記憶がない」

「そうか。くそッ、大儲けできるチャンスだったのに」

クロードは口惜しそうに太股を叩いた。大儲けとはどういうことだろう？　とガウルは共通点探しを止めて二人の会話に耳を傾ける。

「過度な欲は身を滅ぼすぞ」

「俺はこうやって生きてきたんだよ」

「おう、お前は長生きしそうだな」

がははッ、とクロードは笑った。それにしても、大儲けできるほど大理石を必要としている所とは何処なのだろう。そんなことを考えていると――。

「何故、大理石で大儲けできるのだ?」

「なんだ、興味があるんじゃねぇか」

「理由を知りたかっただけだ」

「ま、そういうことにしておいてやるよ」

族長がムッとしたように言うと、クロードは恩着せがましく返した。

「それで、どうして大理石で大儲けできる?」

「何でも霊廟を建てる計画があるらしくてよ。霊廟ってのは――」

「霊廟は分かる」

「そうか。説明に自信がなかったから助かるぜ。で、その霊廟に使う大理石が不足してな。今、値段が高騰してんだよ」

「嘆かわしいことだな」

「まあ、そいつは同意するぜ」

そう言って、クロードは小さく溜息を吐いた。あいつは……、とぽつりと呟く。

「あいつは派手なことが好きじゃなかったから、あの世で苦笑いしてるぜ」

「大理石で儲けようとしていた男の言葉とは思えんな」

「それはそれ、これはこれだ」

「便利な言葉だ」

クロードがきっぱり言うと、族長は苦笑じみた笑みを浮かべた。沈黙が舞い降りる。心地よい、穏やかな沈黙だ。その雰囲気を守るためだろうか。族長が静かに口を開く。

「最近、あの女を見かけぬが？」

「あの女？　ああ、マイラのことか。マイラならクロノの所に行ったぜ」

「ほう、婿殿の所に」

「今頃――いや、もうちょい掛かるか」

クロノに迷惑を掛けなきゃいいんだが、とクロードは遠い目をして言った。その時、ルー族の女がコップの載ったトレイを持ってやって来た。

「ありがとよ」

「ご苦労だった」

クロードと族長がコップを受け取ると、ルー族の女はガウルに向き直った。どうぞ、とトレイを差し出してくる。

「ありがとう」

ガウルは礼を言って、コップを手に取った。香りから判断するに葡萄酒のようだ。ルー族の女は軽く会釈をすると隣の席へ移動した。改めて宴の会場を見回す。いつの間にか席が埋まっている。ルー族の女が葡萄酒を配り終えて席に着き、族長が立ち上がる。

「我々が勇者クロノの言葉を受け容れ、共に生きる道を模索し始めてから五ヶ月が経とうとしている。その五ヶ月で我々の生活は劇的に変化し、その変化に戸惑っている者もおるやも知れぬ。気持ちは分かる。私とて変化に戸惑うことがある。だが、今宵はその戸惑いを忘れよ」

クロード殿、と族長が視線を向ける。ここで振られるとは思っていなかったのか、クロードは小さく溜息を吐いて立ち上がった。ぽりぽりと頭を掻く。

「まあ、なんだ、俺達の間には不幸な歴史ってヤツがある。そいつを無視することはできねぇし、忘れちゃいけねぇとも思う。共に歩んでくってのは難しい。なかなか成果がでなくて、ともすりゃ不幸な歴史ってヤツがひょっこり顔を出して全てを台無しにしちまうかも知れねぇ。宴の席でこんなことを言って申し訳ねぇが、過去を呑み込んで共に歩む道を模索するってぇのはそんだけ難しいってことだ」

そこで、クロードは言葉を句切った。

「つっても俺の息子が命を懸けて、皆が何とか不幸な歴史を呑み込んで掴んだチャンスだ。新しい歴史を築いていくのは——何も知らねぇヤツらだが、不幸な歴史の当事者としてできる限りのことはしていきてぇと思う。だから、無責任だとは思うが、よろしく頼む」

クロードは頭を下げ、顔を上げると歯を剥き出して笑った。

「ま、辛気くせぇことを言ったが、今日は宴だ。楽しめ」

パチパチという音が響く。ガウルの部下とクロードの部下が手を叩いているのだ。とりは任せたぜ、と肩を叩かれる。ぐッ、とガウルは呻いた。『ついで』のはずがこんなことになるとは。だが、ここで断る訳にはいかない。ガウルは静かに立ち上がった。クロノを誉めておけば問題ないだろう。何しろ、クロードの息子で、族長の娘婿、ルー族にとっては死の試練を乗り越えた勇者だ。

「俺は……」

ガウルは口を開き、ララがクロノを嫌っていることを思い出した。クロノの話をしたらララに恥を掻かせるかも知れない。だが、他にこの場に相応しい話題が出てこない。沈黙が舞い降りる。気まずい沈黙だ。クロノならばこんな時にどうするだろう。雄弁に語る姿はイメージできない。きっと――。

「参ったな。何を話せばいいのかさっぱり思い付かない」

そう言って、ガウルは軽く肩を竦めた。クロノならばこうするだろうと考えたのだが、反応は――。くすッという笑い声が聞こえる。それもあちこちから。よかった。どうやら上手くいったようだ。

「多分、俺の中にクロード殿や族長のように語るべき言葉がないからだろう。だが、そんな俺でも感じていることがある。唐突だが、今日ララと水遊びをした。この真冬に何をしているんだと自分でも思うが、子どもの頃に戻ったようで楽しかった。敵同士だった俺達が水遊びに興じる。時を遡って五ヶ月前の俺にこのことを伝えても信じないだろう。俺は今の俺達が信じられない未来を築くことができたらいいと思う。俺からは以上だ」

ガウルが視線を向けると、クロードと族長が立ち上がった。示し合わせたように座っていた皆が立ち上がる。

「我が一族と帝国に」

「不幸な過去に」

「まだ見ぬ未来に」

族長とクロードが杯を掲げ、ガウルも杯を掲げた。

「「乾杯ッ！」」

ガウル達の声が重なり、乾杯！　と皆が杯を掲げて叫んだ。

# 第五章『Myra Attack』

帝国暦四三一年十二月上旬 夕方――。

「見えてきたッスよ！」

マイラが幌馬車の荷台で料理の本を読んでいると、御者席から声が響いた。エクロン男爵領の自警団を辞め、クロフォード家の使用人となったジョニーの声だ。

「マイラさん、ハシェルが見えてきたッスよッ！　マイラさん？　寝てるんスか？」

「今、行きます」

マイラは本を閉じると立ち上がった。荷台と御者席を仕切る布を捲って身を乗り出す。

「おはようございますッス！」

「おはようございます」

マイラはジョニーに挨拶を返し、正面に視線を向ける。視線の先には城壁があった。かなり古いもののようだが、しっかりと補修されている。さらに順番待ちの馬車が列を成していることから景気のよさが窺える。クロノは上手くやっているようだ。クロフォード家のメイドとして、かつてクロノを教育した者として誇らしい気分になる。ジョニーが幌馬車を列の最後尾に着け、マイラは御者席に移動した。

「それにしても兄貴と会うのは久しぶりッス」

「そうですね」

ジョニーの言葉にマイラは五ヶ月前——クロノと愛し合った夏の日を思い出しながら頷いた。あの時はマイラが動いたが、今回はクロノに動いて欲しい。メイドとして受けの姿勢は大事にしたいし、若い雄のアグレッシブさを心ゆくまで堪能したい。クロノがどんな風に攻めてくれるのか今から楽しみだ。

ふふふ、とマイラは笑い、我に返った。『どんな風に攻めてくれるのか今から楽しみだ』ではない。マイラは性欲を発散させにエラキス侯爵領までやって来た訳ではない。愛を求めてやって来たのだ。

それほど高望みをしていた訳ではありませんが、とマイラは天を仰いだ。年収が金貨二千五百枚あれば手を打とうと考えていた。今にして思えばもうちょっと妥協してもよかったような気がする。もちろん、クロードとエルアに仕えたことや南辺境の開拓に力を尽くしたことに後悔はない。だが、昔の仲間が孫を抱いて相好を崩している姿を見て、自分も女としての幸せを追いかけるべきなのではないかと思うようになった。

しかし、いざ相手を探すとなるとこれが難しい。実年齢の問題もあるが、それ以上に無音殺人術のマイラとして名を馳せた過去が問題だ。そんな二つ名を持った女を傍に置く男がいるかという話だ。だからこそ、クロノなのだ。この機会を必ずものにしなければ、とマイラが拳を握り締めたその時、ふふふという笑い声が聞こえた。

「私の決意がそんなにおかしいですか？」

「何を言ってるんスか？」

マイラが低い声で問いかけると、ジョニーはきょとんとした顔で言った。

「では、どうして笑ったのですか？」

「兄貴と会うんスよ？　当然じゃないッスか」

「……それもそうですね」

マイラはやや間を置いて頷いた。どうやら、愛を求める余り神経質になっていたようだ。

「や～、腕が鳴るッス」

「腕？」

「マイラさん、俺が何のためにクロフォード家の門を叩いたか忘れちゃったんスか？」

「強くなるため、でしたね」

「そうッス」

ジョニーが力強く頷き、マイラは当時のことを思い出して溜息を吐いた。正直にいえば雇いたくなかった。だが、彼はカナンの紹介状を持っていた。それで仕方がなく、本当に仕方がなく雇ったのだ。

「兄貴に成長した俺を見てもらうんス。南辺境にいた頃はいいとこなしだったッスけど、今の俺ならあの虎の獣人にだって勝てるッスよ。何せ、四ヶ月も修業したんスから」

「成長？　増長の間違いでは？」

「マイラさん、俺は自分の実力を的確に把握してるッスよ」

「道中、野犬に囲まれてぴーぴー泣いていた貴方がどうして虎の獣人に勝てると？」

「マイラさん、野犬と虎の獣人は違うッス。それに、あの時はこいつがなかったッス」

そう言って、ジョニーは腰の短剣を抜いた。ごてごてと装飾の施された短剣だ。

「いつ、そんなものを？」

「帝都で買ったんス。カヌチの短剣スよ、カヌチの」

「カヌチの？」

「あれ、カヌチを知らないんスか？」

「詳しくはありません」

「なら教えてあげるッス。カヌチは超有名な鍛冶師ッス。そして、この短剣はカヌチが初代皇帝のために打ったものらしいッス」

「……そうですか」

マイラは深々と溜息を吐いた。大方、怪しげな露店商に声を掛けられたのだろう。

「いくらでしたか？」

「金貨十枚――」

「金貨十枚⁉」

マイラは思わず声を上げた。金貨十枚も出してそんなガラクタを買うなんて。

「の所を金貨三枚にまけてもらったッス」

「金貨三枚ですか。何処にそんなお金が……」

「そりゃあ、お給料ッスよ」

そうでした、とマイラは呻いた。ジョニーには給料を払っている。自分のお金で買ったのだから文句を言うのは筋違いだが、使い道というものがあるだろうに。

「クロード様やマイラさんはカヌチを持ってないんスか？」

「持っていません」

「何でッスか？」

「武器は消耗品だからです。それに、高い武器を持っていると敵に狙われます」

「心配性ッスねぇ」

ジョニーは呆れたように言った。実際にそうなった者を知っていて、実際にそういうことをやったからなのだが、分からなかったようだ。

「けど、俺は大丈夫ッス。どんな敵が来てもこの短剣でぶちのめしてやるッス」

「貴方を見ていると、ある言葉を思い出します」

「いや、照れるッスね」

えへへ、とジョニーは頭を掻いた。何を考えているのか予想はつくが——。

「どんな言葉だと思いますか？」

「そりゃ、鬼に金棒ッス」

「……」

何とかに刃物の方でしょうにと思ったが、口にはしない。『ははは、マイラさんは冗談が上手いッスね』みたいなことを言われるのがオチだからだ。

「そろそろ、短剣を鞘にしまいなさい」

「何でッスか？」

「警備兵がこっちを見ているからです」

「分かったッス」

マイラが溜息交じりに言うと、ジョニーは短剣を鞘に収めた。

※

「侯爵邸、この道、真っ直ぐ」

「塔、四本、建ってる」

「ありがとうございます」

「ありがとうッス」

二人の獣人が正面を指差して言い、マイラとジョニーは御者席で頭を下げた。幌馬車が動き出す。城門を潜り抜け、マイラはすんすんと鼻を鳴らした。

「鼻炎スか？」

「違います」

ジョニーの問いかけにマイラはムッとして答えた。

「鼻炎じゃないなら何なんスか？」

「街の臭いを嗅いでいました。悪臭の有無で領主の力を推し量れますから」

「そうなんスか。じゃあ、兄貴は優れた領主ってことッスね」

「ええ、その通りです」

ジョニーが嬉しそうに言い、マイラは頷いた。街の外縁部は低所得者が住む傾向にあるため多かれ少なかれ悪臭がする。にもかかわらず悪臭がしないということはゴミや屎尿の処理が上手くいっているだけではなく、住人が臭いを気にするだけの余裕を持っていることを示している。

そんなことを考えている間にも幌馬車は街の中心部に近づき、それに伴って人通りが増える。視線を巡らせ、住人の様子を確認する。住人の身なりはしっかりしていて、表情も明るい。景気だけではなく治安もよさそうだ。ここまでくると領主の力だけではどうにもならないので、クロノは部下にも恵まれたのだろう。不意に視界が広がる。広場に出たのだ。広場には露店が立ち並んでいた。売られている商品は——保存食が多いようだ。さらに軽食や飲料、雑貨も扱っている。占いの店なんてものもある。

「あれは……」

マイラはある露店に目を止めた。そこに見知った人物——ティリア皇女、アリデッド、デネブの三人がいたのだ。まだこちらに気付いていないようだ。

「ジョニー、止めて下さい」

「了解ッス」

ジョニーが手綱を引き、幌馬車がスピードを落とした。スピードが徐々に落ち、やがて止まる。マイラは御者席から降り——。

「皇女殿下……」

ティリア皇女を呼んだ。大きな声ではない。だが、ティリア皇女は自分が呼ばれたことに気付いたようだ。こちらに向き直り、訝しげな表情を浮かべる。無理もないか。一年前に舞踏会で会ったきりなのだから。ティリア皇女が思い出したと言うように目を見開き、マイラはしずしずと歩み寄った。その時——。

「鬼バ——ぶべらッ！」

アリデッドがその場に頽れた。マイラの投げた靴が顔面に直撃したのだ。五秒が経過してティリア皇女とデネブがハッとしたように振り返る。

「姫様！　神威術をお願いみたいなッ！」

「靴が当たっただけみたいだし、大丈夫じゃないか？」

「休日返上でお供しているのにこれだから姫様は……」

「分かったからそんな目で見るな」

デネブが恨めしそうに言い、ティリア皇女はアリデッドの傍らに跪いた。

「神よ、癒やしの奇跡を」

ティリア皇女が神に祈りを捧げ、地面に倒れるアリデッドに手を翳す。すると、白い光が放たれ、アリデッドの睫毛がわずかに震えた。しばらくして目を覚ます。

「気分はどうだ？」

「…………あたし、死んだみたいな？」

アリデッドはかなり間を置いてティリア皇女の問いかけに答えた。

「死んでないぞ」

「嘘だし。悪魔が見えるし」

「悪魔？」

ティリア皇女は不思議そうに首を傾げ——。

「誰が悪魔だ⁉」

「姫様、お姉ちゃんは混乱してるだけだし！」

アリデッドに掴み掛かろうとしたが、デネブに止められた。

「傷を治してやったのになんて失礼なヤツだ」

「善良に生きてきたつもりなのに地獄落ちとはあんまりだし」

ティリア皇女がムッとしたように言うが、アリデッドは聞いていない。ふて腐れたように地面に横になっている。お姉ちゃんお姉ちゃん、とデネブが二の腕を叩く。

「デネブまで死ぬなんて……。仕方がないから姉妹仲よく地獄で暮らしましょみたいな」

「あたしもお姉ちゃんも生きてるし」

「そうなのみたいな？　――って、いきなり攻撃とか有り得ないしッ！」

直前の記憶が甦ったのか、アリデッドは飛び起きると顔を真っ赤にして言った。

「暴言を吐こうとしたので止めただけですが？」

「危うく息の根が止まる所だったし！」

アリデッドが睨み付けてくるが、マイラはその視線を真正面から受け止めた。無言で睨み合う。だが、睨み合いは長く続かなかった。アリデッドが顔を背けたのだ。マイラは小さく息を吐いた。格付けは済ませたはずなのにこれだから駄メイドは。改めて自分の立場を教えてやらねばなるまい。

「靴を取って下さい」

「分かったし」

アリデッドは渋々という感じで返事をして立ち上がった。腰を屈めて靴を手に取る。だが、マイラはアリデッドの笑みを見逃さなかった。案の定というべきか。アリデッドは腕を振りかぶった。靴を投げるつもりなのだ。

マイラは片脚で距離を詰め、アリデッドの首に手を伸ばした。だが、アリデッドの首に

触れることはできなかった。ティリア皇女に手首を掴まれたのだ。視線を向けるが、ティリア皇女はきょとんとしている。自分が何をしているのか分からない。そんな顔だ。一拍置いて、アリデッドがハッとしたようにこちらを見た。

「何をするつもりみたいな⁉」

「折檻しようと考えていたのですが、皇女殿下に止められてしまいました」

「おおぅ、姫様ありがとうみたいな！」

アリデッドが感極まったように言う。まあ、明日になれば忘れているだろうが。

「皇女殿下に気配を読まれるとは思いませんでした」

「いや、気配は読めなかった」

「では、何故？」

「勘だな。認めるのは癪だが、ケイロン伯爵と決闘を繰り返したせいだろう」

勘の一言で攻撃を防がれては堪らない。だが、世の中には妙な勘の冴えを見せる者がいるものだ。だからこそ、堪らない訳だが。

「アリデッド、靴を」

「分かったし」

ティリア皇女が視線を向けると、アリデッドはマイラの足下に靴を置いた。爪先で靴を傾けると、小石が入っていた。

「何をしてるんだ、お前は……」

「ちょっと仕返ししようと思っただけだし」

ティリア皇女が呻くように言うと、アリデッドは拗ねたように唇を尖らせて小石を取り除いた。マイラは小さく溜息を吐き、靴を履いた。

「皇女殿下、そろそろ手を放して頂けませんか？」

「その前にアリデッドを攻撃しないと約束しろ」

「それでは、調子に乗るのでは？」

「お前はやり過ぎなんだ」

ティリア皇女が顔を顰めて言うと、おおッ！　という声が響いた。アリデッドとデネブの声だ。二人がティリア皇女に抱きつく。

「初めて姫様に感謝したみたいな！」

「その調子であたしらを守って欲しいし！」

「お前達は現金だな。それで、どうする？」

ティリア皇女は溜息交じりに言い、視線を向けてきた。

「分かりました。手加減します」

「約束したぞ？」

「はい、約束いたしました」

マイラは頷いた。ティリア皇女はクロノの妻になる人物だ。叩き伏せることができない以上、頷くしかない。だが、警戒しているのだろう。手を放そうとしない。しばらくしてティリア皇女が手を放し、マイラは片足を引いた。攻撃されると考えたのか。アリデッドとデネブが跳び退る。もちろん、攻撃するつもりはない。スカートを摘まんでティリア皇女に一礼する。

「皇女殿下、お久しぶりです」

「うむ、一年ぶりくらいか」

「はい、そのように記憶しております」

ティリア皇女が鷹揚に頷き、マイラは背筋を伸ばした。

「帝都では不穏な噂が流れておりますが、皇女殿下がご無事で……」

「どうかしたのか？」

マイラが口籠もると、ティリア皇女は訝しげな表情を浮かべた。

「申し訳ございません。奥様とお呼びするべきか悩んでしまいまして……」

「なんだ、そんなことか。どちらでも好きな方で呼べ」

「では、奥様と」

うむ、とティリア皇女は頷いた。平静を装っているが、頬が紅潮している。どうやら上手く懐に飛び込めたようだ。その時――。

「姫様！　それは罠だしッ！」

アリデッドとデネブが叫んだ。まったく、とマイラは溜息を吐いた。罠だなんて言いがかりもいい所だ。どんな時でも味方でいるつもりだというのに。

「アリデッド、デネブ、厳しく指導されたからって悪し様に言うのはよくないぞ」

「感謝の気持ちが一瞬で吹っ飛んだし」

アリデッドとデネブはがっくりと肩を落とした。その時、気配を感じた。肩越しに背後を見ると、ジョニーが近づいてくる所だった。

「マイラさん、その三人は誰ッスか？」

「こちらは――」

「ティリア・ユースティティア・モーリ＝ケフェウス。クロノのお嫁さんだ」

ジョニーに向き直り、手の平でティリア皇女を指し示す。すると、ティリア皇女はずいっと前に出て言った。

「兄貴は結婚してたんスか⁉」

「結婚はまだだが、時間の問題と言っておこう」

ふふふ、とティリア皇女は笑った。名前に反応して欲しかったが、変に騒がれるよりはいいか。ジョニーがアリデッドとデネブに視線を向ける。

「その二人は？」

「『その二人は？』と問われたら、お答えするのが礼儀かなみたいなッ！」

ジョニーが問いかけると、アリデッドとデネブはそんなことを言った。とうッ！　と叫んでティリア皇女の前に出る。

「あたしの名はアリデッド！　帝国一の美少女みたいなッ！」

「……」

アリデッドが格好いいと言えなくもないポーズを取って言うが、デネブは無言だ。不審に思ったのだろう。アリデッドがデネブに視線を向ける。

「デネブ、続いて続いて。中途半端だと恥ずかしいし」

「お姉ちゃん、もしかして私に帝国二の美少女って言わせようとした？」

「そんなこと考えてないですよみたいな」

図星だったのだろう。アリデッドはデネブから視線を逸らしながら言った。

「だったらお姉ちゃんが帝国二の美少女でいいよね？」

「ふッ、あたしは帝国一の美少女に拘ってないし」

「じゃ、いいよね？」

「だが、断るみたいな」

「も〜、拘ってないって言ったくせに」

アリデッドがきっぱりと言うと、デネブは不満そうな声を上げた。

「この姉を見くびっちゃいけませんみたいな」

「なら、どうして嫌なの？」

「他の人に負けるのはいいけど、妹に負けるのは耐えられないみたいな」

「これだからお姉ちゃんは……」

デネブが溜息交じりに言う。相変わらず仲がいいんだか悪いんだか分からない姉妹だ。

「あたしらは名乗ったみたいな」

「そっちもどうぞ」

「これはご丁寧に」

ジョニーはぺこりと頭を下げ、跳び退った。

「俺の名は――」

そう言って、腰の短剣に手を伸ばす。また短剣を抜くつもりだ。流石に街中で短剣を抜くのはマズい。マイラは距離を詰め、腕を一閃させた。顎が跳ね上がり、ジョニーはその場に頽れた。

「「いきなり約束を破ってるしッ！」」

「あの約束はジョニーに適用されません」

マイラは溜息を吐き、ジョニーを見下ろした。まったく、武器を誇ったり、短剣を抜いて強さを誇示しようとしたり、三流もいい所だ。マイラが正面に向き直ると、ティリア皇女が話し掛けてきた。

「ところで、どうしてエラキス侯爵領に来たんだ？」

「休暇を頂いたものですから坊ちゃまの様子を確認しておこうかと思いまして」

「そうか。宿は決めているのか？」

「問題なければ坊ちゃまの所に」

「うん、問題ないいんじゃないか」

「何事もなかったように会話してるし」

「似た者同士だし」

マイラ達の会話を聞き、アリデッドとデネブがそんな感想を漏らす。

「では、私も一緒に行くとしよう」

「よろしいのですか？」

「ああ、私が一緒に行けば面倒な手続きも必要ないだろうしな」

「あの、姫様……」

「何だ？」

アリデッドとデネブがおずおずと口を開き、ティリア皇女が二人に視線を向けた。

「あたしらはそろそろ兵舎に帰りたいな～とか思ったり」

「明日も、その、あたしらは仕事だし」

「そういうことなら帰っていいぞ」

「それではあたしらはこれにて失礼みたいな」

「しばらく侯爵邸には近づかない予定だし」

えへへ、とアリデッドとデネブは愛想笑いを浮かべて歩き出した。

「お待ちなさい」

「「――ッ！」」

マイラが呼び止めると、アリデッドとデネブはびくッと体を震わせた。ぎくしゃくとした動きでこちらに向き直る。

「な、何でしょうみたいな？」

「あ、あたしらはこれから兵舎に帰るつもりみたいな」

「ジョニーを幌馬車に積んで下さい」

「そんなことならお安いご用みたいな」

「速攻で積んじゃうし」

アリデッドとデネブは腕捲りするとジョニーに歩み寄った。手首と足首を掴んで幌馬車の後部に移動し、ジョニーを荷台に投げ入れる。

「「じゃ、あたしらはここで」」

えへへ、とアリデッドとデネブは愛想笑いを浮かべてその場を立ち去った。マイラは幌馬車に向かった。御者席に座って手を差し伸べると、ティリア皇女は手を取った。御者席に上がり、マイラの隣に座る。

「この道を真っ直ぐ進めば侯爵邸だ」

「承知いたしました」

ティリア皇女が正面を指さし、マイラは手綱を手に取った。幌馬車が動き出す。

「道すがら坊ちゃまのことを教えて頂けないでしょうか？」

「構わないが……。何から話したものか」

ティリア皇女は思案するように腕を組んだ。その割に嬉しそうに見えるのは自分の男を自慢できるからだろう。

「クロノとは軍学校で知り合ったんだ」

はい、とマイラは静かに頷いた。軍学校で知り合っただけではなく、演習で逆落としを敢行したことも知っているが、口にはしない。

「ところで、マイラはいつクロノと知り合ったんだ？」

「産まれた時から存じております」

「そうか……」

若干、声のトーンが落ちる。どうやらティリア皇女はクロノが異世界からやって来たことを知っているようだ。異世界から来たなんて話を信じるとは可愛い、いや、ロマンティックな所がある。

「申し訳ありません。坊ちゃまがそこまで心を許しているとは思わず」

「いや、いい。あまり大っぴらにする話でもないだろうしな」

「坊ちゃまとは五年余りの付き合いになります」

「……そうか」

ティリア皇女はやや間を置いて頷いた。沈黙が舞い降りる。気まずい沈黙だ。幌馬車が広場を通り過ぎ、洗練された街並みが広がる区画に入る。

「クロノは昔からあんな感じなのか？」

「出会った頃は内向的な感じでした」

「今とはえらい違いだな」

「はい、私が厳しく躾けた結果――」

「何てことをしたんだッ！」

マイラの言葉を遮り、ティリア皇女が叫んだ。

「クロノがあんなになったのはお前のせいか⁉」

「あんなになったと言われましても……」

マイラは口籠もった。おかしい。クロノは立派な雄に成長した。ティリア皇女は何が不満なのだろう。

「す、すまない。感情的になった」

「いえ、それは構いませんが……。坊ちゃまは奥様に何を？」

「それは……」

今度はティリア皇女が口籠もる番だった。

「それは？　何でしょう？」

「その、夜伽の時に拘束してきたり、メイド服を着せてご奉仕させたり……」

マイラが先を促すと、ティリア皇女はごにょごにょと言った。素晴らしい。想像を超えたクロノの成長に胸が熱くなる。だが、それを口にする訳にはいかない。さらにクロノをフォローする必要がある。

「奥様、このマイラ感服いたしました」

「感服？」

「奥様の魅力が坊ちゃまを狂わせたのです。同じ女として感服するしかありません」

「そうか？」

「私の言葉をお疑いでしたら坊ちゃまに質問されてみては？」

「いや、そこまでは……」

ティリア皇女は口籠もり、相好を崩した。自分の魅力がクロノを狂わせたと聞いて悪い気はしないのだろう。

「それで、軍学校で知り合った後の話ですが……」

「ああ、そうだったな。軍学校で色々あって、私達は友になったんだ。それからエラキス侯爵領で再会して――」

ティリア皇女は嬉しそうにエラキス侯爵領で再会した後のことを語り始めた。だが、その全てを語りきることはできなかった。侯爵邸に辿り着いたのだ。マイラは幌馬車のスピードを落とし、侯爵邸の門を潜った。門を潜ってすぐの所にクロノが立っていることに気付いたが、マイラはそのまま幌馬車を進ませた。玄関の近くで幌馬車を止めて地面に降り、反対側――ティリア皇女がいる方へと移動する。

「奥様……」

「うむ、済まんな」

手を差し伸べる。すると、ティリア皇女はマイラの手に触れて御者席から降りた。クロノに視線を向ける。クロノは弓を持ち、ミノタウロスやドワーフと話していた。ティリア皇女が溜息を吐く。

「ようやく新しい武器を開発したみたいだな」

「普通の弓のように見えますが？」

「近くで見てみよう」

ティリア皇女が歩き出し、マイラはその後に続いた。マイラ達に気付いたのだろう。クロノ達は会話を止め、こちらを見た。

「クロノ、何をしてるんだ？」

「新しい弓の使い道について話してたんだよ」

「見た所、普通の弓のようだが？」

ティリア皇女は体を傾け、クロノの持つ弓を見つめた。

「使ってみる？」

「私は弓が得意じゃないんだが……」

ティリア皇女は難しそうに眉根を寄せながら弓を受け取った。弓を構え、弦を引こうとする。だが、弦はぴくりとも動かない。その時、白い光がティリア皇女から立ち上った。神威術を使ったのだ。先程のことが嘘だったかのように容易く弦を引く。ティリア皇女は弦を戻し、息を吐いた。同時に白い光が霧散する。

「こんな弓を扱える人間がいるのか？」

「ミノタウロスやリザードマンなら弦を引けるよ」

「そんなものを渡すな！」

ティリア皇女が弓を突き返し、クロノは弓を受け取ってドワーフに渡した。

「ようやく武器を作ったかと思えば全然使えないじゃないか」

「この弓のコンセプトは『どれだけ強い弓を作れるか試してみよう』だから」

「なんて無駄なことを……」

「技術開発が目的だから無駄じゃないよ」

ティリア皇女が呻くように言うと、クロノは拗ねたような口調で言い返した。ミノタウロスがおずおずと口を開く。

「そちらのエルフの姉さんは誰なんで？」

「さっきシロとハイイロが言ってたうちの――クロフォード家のメイドだよ」

「ああ、そういや言ってやしたね」

ミノタウロスが合点がいったとばかりに声を上げ、足を踏み出した。

「お初にお目に掛かりやす。あっしはクロノ様の副官を務めておりやすミノと申しやす」

「ご丁寧にありがとうございます。マイラと申します」

ミノタウロス――ミノが足を開いて頭を垂れ、マイラも頭を垂れた。ドワーフが前に出て、深々と頭を垂れる。

「私はゴルディと申しますぞ。クロノ様のもとで武器や防具の製造、技術開発に取り組んでおりますぞ」

「マイラと申します。二週間ほど滞在を予定しておりますので、どうぞよしなに」

マイラはドワーフ――ゴルディに向き直って頭を垂れた。ミノがクロノを見る。

「大将、今日はここでお開きにしやせんか？」

「いいの？」

「いくら使用人たって遠路遙々南辺境からいらしたんですぜ。丁重にもてなさないとバチ

「このままでは使えないと結論が出てますからな。日を改めても問題ありませんぞ」

ミノが目配せすると、ゴルディは頷いた。

「ごめんね」

「謝るこたありやせん。じゃ、あっしらはこれで」

「失礼しますぞ」

クロノが謝罪すると、ミノとゴルディは朗らかに笑ってその場を立ち去った。坊ちゃま、とマイラが足を踏み出すと、何故かクロノは後退った。

「その対応は如何なものかと」

「いや、ちょっと、警戒心が……」

クロノはバツが悪そうに頭を掻いた。そういえば、と視線を巡らせる。

「もう一人いるって話だったけど？」

「ジョニーは荷台で寝ています」

「あ、ジョニーも来たんだ」

「クロノ、その態度はないんじゃないか？」

クロノが落胆したように言うと、ティリア皇女が責めるような声音で言った。

「そうなんだけど……」

「問題のあるヤツなのか？」

「悪い子じゃないんだけど――」

「ここは何処ッスか⁉」

クロノの言葉はジョニーの叫び声によって遮られた。声のした方を見ると、ジョニーが幌馬車から飛び降りる所だった。着地と同時に地面を転がり、短剣に触れながら視線を巡らせる。多分、格好いいと思っているのだろう。突然、動きを止める。どうやら、クロノに気付いたようだ。こちらに駆けてくる。

「兄貴！　お久しぶりッス！　南辺境一の短剣使いジョニー只今推参ッス！」

「あ、うん、久しぶり」

「いや～、ついにこの日がやって来たッス！」

クロノは明らかに引いているが、ジョニーは構わずに言った。

「兄貴！　兄貴の部下は何処ッスか⁉」

「練兵場で訓練をしてるけど……。何するつもり？」

「修業の成果を見せるに決まってるッスよ！　何しろ、四ヶ月も修業したんスからね。もはや、帝国一の短剣使いになっていても不思議じゃないッス」

ジョニーが胸を張って答え、クロノは深々と溜息を吐いた。

「今日はもう遅いから止めておこうね？」

「俺は全然平気ッスよ？　ああ、兄貴の部下が疲れているってことッスね。了解ッス。疲れてたら公平な勝負にならないッスもんね」

「……そうだね」

クロノはやや間を置いて頷いた。どうやら誤解を解くのを諦めたようだ。ポーチに手を伸ばし、透明な球体——通信用マジックアイテムを取り出す。

「アリッサ、お客様が二人来たから客室の準備をよろしく」

『客室の準備は整っております。お迎えに上がりますので、少々お待ちください』

クロノが通信用マジックアイテムに呼びかけると、すぐに返事があった。ガチャという音が響く。玄関の扉を見ると、三人のメイドが出てくる所だった。一人は人間、残る二人はエルフとドワーフだ。エルフは眼帯を付け、ドワーフは歩き方がぎこちない。三人は立ち止まると頭を垂れた。

「ようこそお出で下さいました。私はメイド長を務めておりますアリッサと申します」

「シェイナと申します」

「フィーと申します」

人間――アリッサにエルフとドワーフ――シェイナとフィーが続く。

「恐れ入ります。私はクロフォード家に仕えるメイドのマイラと申します」

「俺は兄貴の舎弟で、ジョニーって言うもんス」

マイラが前に出て一礼すると、ジョニーは親指で自身を示して言った。小さく溜息を吐く。クロフォード家の使用人として恥ずかしくない態度を取って欲しかった。

「それでは、客室に案内させて頂きます。ところで、お荷物は？」

「幌馬車に載せていますが、自分で運びますので」

「承知いたしました。シェイナさんは馬を厩舎へ、フィーさんはジョニー様を客室に案内して下さい」

アリッサは静かに頷き、指示を出した。

※

アリッサに先導され、マイラは侯爵邸の長い廊下を進む。そっと視線を巡らせる。やはり、ここも掃除が行き届いている。どうやらアリッサはメイド長として上手く部下を統率しているようだ。視線を正面に戻し、アリッサの後ろ姿を眺める。色香を感じさせる後ろ姿だ。もちろん、彼女はそんなことを望んでいないだろう。だが、押さえ付けようとして逆効果になることもあるものだ。まだクロノのお手付きにはなっていないようだが、時間の問題だろう。彼女の本性は雌なのだから。

年長者としてアドバイスするべきか悩んでいると、アリッサが足を止めた。扉を開け、道を譲るようにその傍らに立つ。

「こちらがマイラ様のお部屋になります」

「ありがとうございます」

マイラは一礼して客室に足を踏み入れた。客室を見回す。流石、侯爵邸というべきだろうか。客室は広く、ベッド、机、イス、クローゼット、化粧台の他にテーブルを置いてもまだ空間に余裕がある。

机の上に鞄を置いて振り返ると、アリッサがこちらを見ていた。

「夕食の準備が整いましたらお知らせしますので、おくつろぎ下さい」

「よければ話をしませんか？」

「申し訳ございません。まだ仕事が……」

アリッサは困ったような表情を浮かべて言った。当然か。メイドが客に話をしようと言われて頷く訳がない。

「お時間は取らせません。坊ちゃまのことでどうしてもお伝えしておきたいことが……」

「……分かりました」

アリッサはやや間を置いて頷いた。マイラは予想通りの反応に内心ほくそ笑みながらテーブルに着いた。ややあって、アリッサが対面の席に座る。

「それで、お伝えしたいこととは？」

「まず、お礼を。坊ちゃまを支えて下さりありがとうございます」

「いえ、当然のことですから」

「当然と仰いますと？」

マイラが尋ねると、アリッサは訝しげな表情を浮かべた。だが、それは理解の色に取って代わる。話をするためにクロノを引き合いに出したと気付いたのだろう。

「一時期、体を壊しておりまして……」

「なるほど、それで……」

「はい……」

アリッサは伏し目がちに頷いた。なるほど、ようやく合点がいった。困窮している所を救われ、働くことで恩を返そうとしているということか。だから、自身の本性を押さえ付けている。いや、本性を押さえ付けざるを得ない何かがあったと考えるべきか。好奇心を刺激されるが、これ以上は踏み込むべきではない。

「失礼ですが、お子様は？」

「娘がいます」

「それは大変でしょう」

「いえ、私よりも娘の方が……。一緒にいてやれず申し訳ない限りです」

アリッサは口籠もり、肩を窄めた。独身ならば後押ししたのだが、子どもがいるのならば仕方がない。種を蒔くだけにしておこう。どんな花が芽吹くかはアリッサ次第だ。

「心中お察しします」

「ありがとうございます」

「ですが、坊ちゃまならばアリッサ様を支えて下さるでしょう」

「もう十分すぎるほど支えて頂いております」

アリッサが胸に手を当て、小さく微笑んだ。満足していると言わんばかりだが――。

「いいえ、私が申し上げているのは先の話です」

「先と仰いますと？」

「たとえば娘さんの結婚――」

「いえ、そこまでして頂く訳には……」

アリッサはマイラの言葉を遮って言った。

「アリッサ様はそう仰いますが、きっと坊ちゃまはできる限りのことをするでしょう」

「……」

アリッサは押し黙った。当然か。クロノは体を壊して困窮していたアリッサに手を差し伸べたばかりか、職の世話までしたのだ。否定できる訳がない。

「ですが、やはり、そこまでして頂く訳には……」

「気持ちは分かります。もし、心苦しく感じているのでしたら……」

「でしたら？」

マイラが言葉を句切ると、アリッサはおずおずと先を促してきた。

「誠心誠意――自分の全てを差し出す覚悟でお仕えするべきです」

「自分の全て――ッ！」

アリッサは息を呑んだ。自分の全てに体が含まれると考えたのだろう。だが、違う。雌の本性も含めてだ。もちろん、口にはしない。本性の話をすれば仕方がないと自分を正当化できなくなってしまう。

「私の話は以上になります。お引き留めして申し訳ありませんでした」

「――ッ！　こちらこそ、申し訳ありません」

マイラが頭を下げると、アリッサは勢いよく頭を下げた。

※

夜――マイラが料理の本を読んでいると、トントンという音が響いた。夕食の準備が整ったのだろう。本を机の上に置き、扉に向かう。扉を開けると、そこにはシェイナが立っていた。きょとんとした顔をしていたが、マイラに気付くと慌てた様子で頭を下げた。いけない。気配を消しすぎてしまったようだ。

「夕食の準備が整いました」

「ありがとうございます」

「どうぞ、こちらに」

シェイナが歩き出し、その後に続く。気配を消しすぎないようにしているのだが、付いて来ているか不安なのだろう。ちょくちょく背後を気にする素振りを見せる。シェイナに案内されて食堂に入ると、二人の少女がいた。一人はルー族のスー、もう一人は白い軍服を着た見知らぬ少女だ。二人はテーブルの端の席に向かい合うように座っている。あと四席空いているが――。

「どの席に座ればよろしいでしょうか？」

「……エリル様の反対側の席に座って頂ければ」

マイラが尋ねると、シェイナは考え込むような素振りを見せた後で言った。特徴を口にした方が親切だと思ったが、今のマイラはお客様なので口にはしない。

「では、私はこれで」

「お疲れ様です」

マイラはシェイナに労いの言葉を掛け、スーのもとに向かった。こちらに気付いたらしく視線を向けてくる。スーの前で立ち止まって一礼する。すると、ぺこりと頭を下げられた。一般常識を身に付けつつあるようだ。

「スー様、お久しぶりです」

「おれ、お前、知ってる。クロノの家、いた」

「マイラと申します」

「おれ、知ってる」

「ありがとうございます」

マイラは礼を言い、白い軍服を着た少女――エリルに視線を向ける。

「それ、エリル」

「…………エリル・サルドメリク」

スーが指を指して言うと、エリルはかなり間を置いて答えた。

「お初にお目に掛かります。クロフォード家に仕えておりますマイラと申します」

「……よろしく」

「こちらこそ、よろしくお願いいたします」

マイラは一礼してエリルの反対側——隣の隣の席に座った。沈黙が舞い降りる。スーもエリルも黙り込んでいるので当然といえば当然だが。

「スー様、坊ちゃまとの暮らしは如何ですか？」

「坊ちゃま？」

「……エラキス侯爵——クロノ様のことと思われる」

スーが不思議そうに小首を傾げると、エリルが小声で補足した。

「問題、ない。おれ、上手い、やってる」

「そうですか。友人はできましたか？」

「できた。エリル、スノウ、友達」

「それはようございました」

「仕事、してる」

マイラが頷くと、スーは得意げに言った。

「それはどのような？」

「露店、薬、売る」

「なるほど、それはよいアイディアではないかと」

「当然、おれ、ルー族、帝国、歩む道、模索してる」

「……アイディアは私が出した」

マイラの言葉にスーが自慢げに胸を張る。だが、エリルがぼそっと呟くと、スーは一転して不機嫌そうな顔になった。

「スー様も、エリル様も重要な役割を果たしたということですね」

「スノウ、金、出した」

「……営業許可を取るのにお金が必要だった」

「では、三人の力ですね」

「「……」」

スーとエリルが無言で頷き、ふと広場の賑わいを思い出した。誰でも経済の輪に加われる仕組みがある。だから、広場が賑わい、スーも経済の輪に加わることができた。南辺境を開拓していた頃、どうやって現金収入を得るか頭を悩ませていたものだが、クロノがその仕組みを作ったことに皮肉めいたものを感じる。そんなことを考えていると、気配を感じた。食堂の入り口を見ると、ケイロン伯爵が入ってくる所だった。

「やあ、久しぶり」

「ケイロン伯爵、お久しぶりです」

「リオでいいよ」

マイラが立ち上がって頭を垂れると、ケイロン伯爵――リオは柔らかな口調で言って対面の席に座った。少し間を置いてマイラもイスに座る。

「どうして、ボクがここにいるのか聞かないのかい？」

「帝都に立ち寄った際、オルトから話を聞いておりますので」

ふ～ん、とリオは相槌を打った。それと、とマイラは続ける。

「リオ様なら居着いてしまうこともあるのではないかと」

「はは、言うね」

リオが愉快そうに笑う。以前に比べて随分と雰囲気が柔らかくなった。やはり、クロノの影響だろうか。

「ですが、近衛騎士の仕事はよろしいのですか？」

「ピスケ伯爵が頑張ってくれているから大丈夫さ」

「……無責任」

リオが肩を竦めて言うと、エリルがぼそっと呟いた。

「君も似たようなものだと思うけれど？」

「……私は正式な軍務」

「クロノと帝国の両方からお金をもらっているけれどね」

「……それは仕方がない」

リオがやれやれと言わんばかりに溜息を吐く。

「坊ちゃまからお金をもらっているとはどういう意味でしょう？」

「……心配しなくても愛人契約はしていない」

「いえ、そこはあまり心配していません」

「……そう」

エリルはしょんぼりと呟いた。

「それで、お金をもらっているとは？」

「……エラキス侯爵のもとでマジックアイテムを作っている。今はエラキス侯爵領とカド伯爵領を繋ぐ超長距離通信用マジックアイテムを製作中」

「かなり距離がありますが、大丈夫なのですか？」

「……その点は心配いらない。通信用マジックアイテムには中継(ちゅうけい)機能がある」

「なるほど、それなら距離が稼(かせ)げますね」

「……分かってもらえて嬉しい。皇女殿下(でんか)ではこうはいかない」

「誰が何だって？」

エリルがぼそっと呟いた直後、不機嫌そうな声が響いた。ティリア皇女の声だ。食堂の入り口を見ると、ティリア皇女が不機嫌そうに立っていた。

「……超長距離通信用マジックアイテムの有用性について話していた」

「私だって有用性は理解している。何だ、その目は？」

「……何でもない。ただ、本当に理解しているのなら嬉しいと考えていた」

「挑発(ちょうはつ)しないと話せないのか、お前は」

ティリア皇女はムッとしたように言ってこちらに近づいてきた。イスを引くために立ち上がろうとするが、ティリア皇女は手で制した。マイラとエリルの間の席にどっかりと腰(こし)を下ろす。

「マイラ、のんびりできたか？」

「はい、奥様(おくさま)」

「「奥様？」」

マイラが頷くと、リオとエリルの声が重なった。

「文句があるのなら受けて立つぞ？」

「文句なんてないさ。何せ、名ばかりのお嫁さんじゃないことを証明したんだからね」

「……皇女殿下には奥様と呼ばれる資格があると考える」

ティリア皇女が喧嘩腰で言うが、リオとエリルは乗ってこない。それがまた面白くないのだろう。ティリア皇女は舌打ちをした。窘めたい所だが、信頼関係の構築に着手したばかりだ。何かに関連付けて話さなければ聞いてくれないだろう。タイミングを見極める必要もある。その時――。

「あ～、お腹が空いた」

クロノが食堂に入ってきた。

「遅いぞ」

「仕事を片付けてたんだよ」

ティリア皇女が八つ当たり気味に言うが、クロノは気分を害した素振りも見せずに空いている席――リオとスーの間の席に座った。

「坊ちゃま、お疲れ様です」

「まあ、仕事だからね」

「それでも、立派なことです」

本当に立派になった、と思う。きっと、エルアも誇らしく思っているに違いない。いけない。しんみりしてしまった。話を変えなければ。

「旦那様も坊ちゃまくらい真面目ならよかったのですが……」

「そうなの？　しっかり仕事をしてるイメージがあるんだけど？」

「私とオルトで躾けました。今でも目を離すと仕事を放り出して何処かに行ってしまうので、子どもより目が離せません」

自分でもびっくりするくらい疲労感の滲んだ声が出た。また話を変えなければ。だが、何の話をすればいいのだろう。そういえば――。

「ジョニーは何処に？」

「ジョニーは使用人用の食堂で食べてもらってます」

罪悪感を覚えているのか、クロノはごにょごにょと言った。

「賢明な判断かと」

「そうかな？」

「ジョニーがここにいたら殺されかねません」

「そうかも」

「私はちゃんと手加減できるぞ」

「ボクもさ」

「……私は非致死性の魔術も習得している」

ティリア皇女、リオ、エリルの三人が否定の言葉を口にする。ティリア皇女がリオとエリルに視線を向ける。

「私はお前達に殺されかけたことがあるんだが？」

「十分手加減したつもりだけど、足りなかったかい？」

「……私は殺そうと思っていなかった。だが、全力で戦えばそういうこともある」

リオとエリルは殺意を否定した。そういえばティリア皇女はリオと決闘を繰り返したと言っていた。なかなか刺激的な毎日を送っているようだ。

「ジョニーといえばリオにお願いがあったんだ」

「どんなお願いだい？」

クロノが思い出したように言うと、リオは囁くような声で問いかけた。

「ジョニーが僕の部下と戦いたがっててさ」

「戦わせてあげればいいんだね？」

「うん、できる？」

「お安い御用さ」

クロノの問いかけにリオはこともなげに頷いた。それで、と続ける。

「どれくらい強いんだい？」

「南辺境で戦った時は弱かったけど……。どれくらい強くなった？」

「全く強くなっていません。むしろ、弱くなっているのではないかと」

クロノに視線を向けられ、マイラは自身の評価を口にした。

「分かった。あまりひどいことにならないように気を付けるよ」

「よろしくお願いします」

リオが溜息交じりに言い、クロノは申し訳なさそうに頭を下げた。その時、ガチャという音が響いた。音のした方を見ると、入り口とは別に設けられた扉からシェーラが二人のメイドを連れて出てくる所だった。一人は金髪の女性、もう一人は浅黒い肌の少女だ。料理の載ったトレイを持っている。金髪の女性には見覚えがある。名前も知っているが、ここでは声を掛けない。

どっこいしょ、とシェーラが側面の席――エリルのすぐ近くに座る。

「シェーラ様、お久しぶりです」

「五ヶ月ぶりくらいだね。そっちは変わりないかい？」

「ルー族と交易を始めたので多少は変わりました」

「ははッ、そりゃそうだね」

マイラが問いかけに答えると、シェーラは愉快そうに笑った。

「ま、クロノ様が命まで懸けたんだ。いい方に変わって欲しいもんだね」

「私もそう思います」

シェーラがしみじみと言い、マイラは頷いた。

「失礼しますわ」

「失礼するぜ」

そう言って、二人のメイドが料理を並べていく。二人ともメイドになって日が浅いのだろう。お世辞にも手際がいいとは言えないが、もてなされる側なので黙っておく。金髪の女性がマイラの前に料理を並べる。パンとシーフードスープ、白身魚のポワレ、サラダというメニューだ。金髪の女性が料理を並べ終え——。

「もしや、貴方はセシリー様では？」

「違いますわ！」

「おめぇはセシリーだろ。何言ってんだ？」

マイラが声を掛けると、金髪の女性——セシリーは即座に否定した。だが、浅黒い肌の少女に突っ込まれてしまった。

「仰る通り、ハマル子爵家のセシリー・ハマルさんです。ちなみにもう一人は帝都で知り合ったヴェルナさんです」

「ああ、彼女が……」

クロノの言葉に思わず声を上げる。確かにオルトから聞いた特徴と合致する。

「ところで、どうしてセシリーのことを知ってるの？」

「南辺境に赴任された際に挨拶をしに行きましたので」

セシリーが挨拶に来なかったのでこちらから出向いたのだが、これは黙っておく。セシリーに視線を向ける。すると、彼女はそっと顔を背けた。

「セシリーに何もされなかった？」

「わたくしは何も——ひゃんッ！」

クロノの問いかけにセシリーが答えようとする。だが、できなかった。ヴェルナに指で脇腹を小突かれたのだ。

「何をなさいますの!?」

「仕事しろ、仕事。つか、今更取り繕ってもしょうがねーだろ」

「本当にわたくしは何もしていませんわ！」

「はいはい、分かった分かった」

セシリーは自身の潔白を訴えたが、ヴェルナは相手にしなかった。リオもそうだが、セシリーも随分変わった。

「で、どうなの？」

「何もされませんでした」

蔑むような目で見られたが、これは何かされた内には入らないだろう。セシリーとヴェルナが壁際に移動する。

「いただきます」

「「いただきます」」

「いた、だく」

クロノが手を合わせて言い、マイラ達はその後に続いた。ティリア皇女は手を組んで目を閉じている。神に祈りを捧げているのだろう。ティリア皇女が目を開け、マイラはパンに手を伸ばした。二つに割ると、湯気と共に芳ばしい香りが立ち上った。ぐぅ～という音が響く。ヴェルナのお腹が鳴った音だ。クロノが視線を向けると、ヴェルナは照れ臭そうに頭を掻いた。

「二人とも、もうここはいいよ」

「マジ⁉」

「ちょっと、ヴェルナさん」

クロノの言葉にヴェルナが声を弾ませると、セシリーが責めるような声音で言った。態度を責めているのか、それとも言葉遣いを責めているのか。恐らく、両方だろう。

「別にいいじゃん。それで、マジでいいの？」

「マジでいいよ」

「うしッ！　あたしらこれで上がりなんだよ。行こうぜ」

「まったく、貴方という人は……」

二人が食堂を出ていき、シェーラが苦笑する。

「お優しいこった。お陰であたしは一人で皿を下げる羽目になっちまったよ」

「そんなことを言わなくてもお皿を下げるのは手伝うよ」

「そうかい。ならいいよ」

シェーラが肩を竦めて言い、クロノがパンに齧り付く。見ていて気持ちよくなる食べっぷりだ。シェーラも同じように感じているのだろう。優しげな表情を浮かべている。

「どうだい？」

「うん、美味しいよ」

「ホッとする味だね」

「……女将の料理はいつも美味しい」

「美味い」

シェーラが問いかけると、クロノ、リオ、エリル、スーが顔を綻ばせて答えた。マイラはスプーンでスープを掬って口に運んだ。深みのある味が口の中に広がる。

「坊ちゃまの領地ならではの贅沢といった所でしょうか」

「まあ、南辺境ではなかなか食べられないからねぇ」

マイラがナプキンで口元を拭って言うと、シェーラはしみじみと同意した。南辺境は海に面しているものの、新鮮な海産物を食べることができない。海岸線が崖になっているからだ。大規模な工事をしたとしても波が荒く船を出すのは困難、いや、それ以前に漁の経験者がいない。

「それで、味の方はどうだい？」

「とても雄弁な……。いえ、美味しいです」

「そりゃよかった」

素直な感想を口にすると、シェーラは嬉しそうに微笑んだ。一瞬だけティリア皇女を見て、小さく息を吐く。気持ちは分かる。これだけ手間を掛けて料理を作ったのに無反応では溜息の一つも吐きたくなるだろう。

「……皇女殿下には感謝の念が足りてないから仕方がない」

「何だと⁉」

エリルがぼそっと呟き、ティリア皇女は声を荒らげた。

「奥様……」

「先に挑発したのはサルドメリク子爵だぞ？」

「それでも、声を荒らげてはいけません」

不満そうに言うティリア皇女にマイラは優しく語りかけた。

「それに、今の言葉には一理あるかと存じます。たとえば亡くなられたラマル五世陛下は私共——下々の者にも礼を尽くし、感謝の念を忘れない方でした。奥様には上に立つ者として亡き陛下に学ぶ所があるのではないかと存じます」

「父上が……」

はい、とマイラは頷いた。そういえば、とクロノが呟く。

「前に父さんに内乱が終わってからラマル五世陛下と会ってないみたいな話を聞いて、ひどい話だって言ったんだけど……」

「言ったんだけど？」

「『そう言ってやるな。皇帝ともなりゃ色々あるんだろ』って窘められたよ」

ティリア皇女が鸚鵡返しに呟き、クロノは苦笑じみた笑みを浮かべて答えた。

「そうか、義父上がそんなことを……」

「確かに陛下はそういう方だったね」

「……惜しい人を亡くした」

ティリア、リオ、エリルの三人がしんみりとした口調で言った。沈黙が舞い降りる。三人の口調のようにしんみりとした沈黙だ。

沈黙に耐えられなくなったようにシェーラが口を開く。

「ああ、もう、料理ってのは楽しく食べるもんだよ。後片付けもあるんだからしんみりしてないで、とっとと食っちまいなよ」

マイラ達は料理に手を伸ばした。だが、空気はしんみりしたままだ。ティリア皇女が白身魚のポワレを食べ、シェーラに視線を向ける。

「何だい？」

「…………美味いぞ」

「…………ありがとさん」

ティリア皇女がかなり間を置いて言うと、シェーラもかなり間を置いて言った。

※

クロノが自分の部屋で仕事をしていると、チーンという音が響いた。卓上ベル型のマジックアイテムが鳴る音だ。誰かが近づいているようだ。仕事を止めて扉に向き直ると、セシリーが入ってきた。

「何の用？」

「分かっていらっしゃるのでしょう？」

あえて素っ気なく尋ねると、セシリーはそっぽを向いて問い返してきた。

「まあ、分かってるけどね。セシリーは分かってる？」

「それは……。夜伽ですわ」

「夜伽？」

セシリーがごにょごにょと言い、クロノは首を傾げた。もちろん、わざとだ。ぐッ、とセシリーが呻く。

「ご奉仕に参りましたわ」

「うん、そうだね。ご奉仕だね。だって、セシリーはご奉仕メイドなんだから」

　クロノが脚を開くと、セシリーは躊躇いがちに足を踏み出した。一歩、また一歩ととまどろっこしいくらいの時間を掛けて近づいてくる。怒りからか、それとも羞恥からか頬は朱に染まっている。クロノの前にやって来るとこれまた躊躇いがちに跪く。

「口上は？」

「これから、ご奉仕、させて、頂きますわ。旦那様に、ご堪能、頂ければ、幸いですわ」

　セシリーはぶるりと身を震わせ、絞り出すような声で言った。その時——。

「ご奉仕メイドとは。流石、坊ちゃまです」

「——ッ！」

　マイラの声が響き、クロノとセシリーは息を呑んだ。いつやって来たのか、マイラがセシリーの背後に立っていた。

「ですが、ご奉仕だけでは坊ちゃまも収まりがつかないのでは？」

「貴方がクロノ様の相手をして下さるのならわたくしは部屋に戻らせて頂きますわ」

　そう言って、セシリーは立ち上がろうとした。だが、できなかった。マイラが動きを封じたのだ。しかも、肩に触れただけで。

「その必要はございません」

「お放しなさい！」

「部屋に戻る必要はないと申しましたが？」

「ひぃッ！」

マイラが手に力を込めると、セシリーは小さく悲鳴を上げた。膝立ちになって仰け反る姿は快感を堪えているようにも見える。

「な、何をするつもりですの？」

「三人で仲よくするつもりですが？」

「ふざけないで——ひッ！」

セシリーが再び小さく悲鳴を上げる。やはり、快感を堪えているように見える。

「ふざけておりません」

それで、とマイラはクロノに視線を向けた。

「坊ちゃまはどうお考えですか？」

「こんな日がいつか来るんじゃないかと思っていました」

セシリーが縋るような視線を向けてきたが、クロノは運命に身を委ねることにした。

※

マイラは体を震わせると糸の切れた操り人形のように倒れ込んできた。クロノはマイラを抱き止め——というか、下になっているので抱き止めざるを得なかった。マイラの呼吸は乱れ、体は汗ばんでいる。

「坊ちゃま、夏に続き素晴らしい体験をさせて頂きました」

「そうでしょうね」

「そこは同意する所では?」

「まあ、普通はそうなんだけれど……」

クロノは口籠もり、視線を横に向けた。視線の先にはセシリーがいる。真っ裸で後ろ手に拘束されている。まだ意識を失っているのだろう。ぴくりとも動かない。

「彼女はなかなかいいものをお持ちです」

「それは分かるよ」

「流石、坊ちゃまです」

意識を失うまで攻めている所を見れば誰にでも分かるんじゃないかと思ったが、口にはしない。藪を突く趣味はないのだ。

「南辺境から来た甲斐が——ッ!」

「どうかしたの?」

マイラがハッと体を起こし、クロノは思わず問いかけた。

「愛を求めてやって来たはずが、すっかり本来の目的を忘れていました。このマイラ、一生の不覚。つきましては坊ちゃまにもう一頑張りして頂きたく」

「今日は打ち止めでござる」

「そこをもう一頑張り」

「無理でござる」

「無理ですか」

マイラは拗ねたように言って覆い被さってきた。小さく溜息を吐く。

「何故、溜息を？」

「父さんに申し訳ないな〜って」

「旦那様とは体だけの関係でしたので遠慮なさらず」

「何かすごいこと言った」

マイラがしれっと言い、クロノは思わず突っ込んだ。

「旦那様とは体だけの関係でしたので遠慮なさらず」

「二度言った」

「ええ、大事なことなので二度言いました。三度目になりますが、旦那様とは体だけの関係でしたのでガツガツきて頂ければ」

「内容が変わってる⁉」

「大事なことですので」

やはり、マイラはしれっと言った。う〜ん、とクロノは唸る。

「まだ気になることでも？」

「そりゃね。マイラは家族みたいなものだから罪悪感が……」

「確かにエルア様のことを考えると、プレイでも坊ちゃまと母子相か――」

「違うから」

クロノはマイラの言葉を遮って言った。

「それにしても家族ですか」

「嫌だった？」

「いいえ、キュンときました」

ふふふ、とマイラは笑い、心地よさそうに目を閉じた。

# 第六章『Attack on Myra』

朝――クロノは何かが動く気配で目を覚ました。隣を見ると、セシリーが背中を向けて寝ていた。昨夜と同じ真っ裸かつ後ろ手に拘束された状態でだ。マイラの姿はない。何処に行ったのか考える必要はない。布団が膨らみ、股間に違和感がある。布団を捲ると、マイラがいた。

「おはよう」

「おふぁようございまふ」

「朝からご奉仕はいいから」

「そうですか？」

マイラは不満そうに言って、クロノに覆い被さってきた。ふふふ、と笑う。

「朝からご機嫌だね」

「ええ、坊ちゃまに家族と仰って頂けたので。ところで、子どもは何人欲しいですか？」

「……子どもはまだいいかな」

そっと顔を背けるが、マイラに回り込まれてしまった。ちょっと怖い。

「仕方がありません。坊ちゃまの覚悟が決まるまで待つとしましょう」

「ご理解頂けて嬉しいです」

「あまりもたもたしていると覚悟を決めざるを得ない事態になるかも知れませんが」

「不穏ッ！」

クロノは思わず叫んだ。その時、う～んという声が響いた。隣を見ると、セシリーが身動ぎしていた。目が覚めたのだろうか。そんなことを考えていると、冷たい何かが頬に触れた。マイラの手だ。ぐいっとマイラの方を向かせられる。

「今からどうでしょう？」

「昨日たっぷりしたじゃない」

「いえ、今回は愛情的な意味で」

「仕事もあるし、流石に朝からするのはちょっと」

「そういうことなら仕方がありませんね」

マイラは小さく溜息を吐き――。

「では、ご一緒に入浴など如何ですか？」

「あまり変わっていないような……」

「朝から愛し合うのと入浴では大きな違いがありますが？」

今一つ信じられないが、口にはしない。押し問答になりそうな気がしたからだ。不意にマイラがセシリーに視線を向ける。

「セシリー様もご一緒にどうですか？」

「……」

マイラが問いかけるが、セシリーは答えない。まだ眠っているのだろうか。いや、マイラが間違う訳がない。

「起きているのは分かっております」

「……分かっているのなら手錠を外して下さらない？」

セシリーは身を捩ってこちらを見ると恨めしそうに言った。だが、マイラはクロノから離れようとしない。おっぱいの感触が心地よい。

「それで、ご入浴の件は如何なさいますか？」

「一緒に入浴なんて冗談じゃありませんわ。それより手錠を外しなさい」

「そうですか」

マイラが残念そうに言う。だが、動こうとしない。

「昨夜、セシリー様は沢山汗を掻いていらっしゃいましたね？」

「それがどうかしましたの？」

「いえ、体を拭くにしてもこの寒さでは体に堪えるのではないかと」

ふふふ、とマイラは笑い――。

「坊ちゃまにご奉仕した翌日くらいは湯船に浸かってもよろしいのでは？」

囁くような声音で問いかけた。

※

「ふぃぃぃい、極楽極楽」

クロノは湯船に浸かり、ホッと息を吐いた。メイド達には申し訳ないが、朝風呂は最高の贅沢だ。色々と気苦労が絶えないが、この時ばかりは領主になってよかったと思う。その時、冷気が流れ込んできた。浴室の扉が開いたのだ。扉の方を見ると、マイラとセシリーが入ってくる所だった。

マイラは惜しげもなく裸身を曝している。ティリアや女将に比べると小振りなおっぱいだが、マイラのそれはツンと澄ましていながら欲望を肯定してくれるおっぱいなのだ。さらに腰はくびれていて、お尻はむっちりとしている。セシリーは怒っているとも恥じらっているとも取れる表情を浮かべ、腕で胸と股間を隠している。軍を辞めて間もないからか、それともまだ鍛錬を続けているのか引き締まった体付きをしている。二人を見ていると、一緒に入浴するだけでいいのかな～という気になる。

「どうして、こんな……」

「セシリー様が一緒に入浴することを了承されたからです」

「そんなこと分かってますわ」

セシリーはムッとしたように言って足を踏み出した。浴槽の傍らに跪き——。

「あっちを向いて下さらない？」

「どうして？」

「もういいですわ！」

セシリーは声を荒らげ、桶を手に取った。もういいですわとは言ったものの、マイラのように惜しげもなくとはいかない。恥ずかしそうに目を伏せている。桶で湯を掬い、肩から掛ける。ほう、と息を吐く。

さてと、とクロノは立ち上がった。セシリーがぎょっとこちらを見る。

「背中を流してもらおうかな？」

「何故、わたくしがそんなことを……」

「フェイはやってくれたのにな。まあ、できないならいいや」

湯船から出て、風呂イスに座る。ややあって、セシリーが口を開いた。

「分かりましたわ。背中を流しますわ」

「できるの？」

「それくらいできますわ！」

クロノが問いかけると、セシリーはムキになったように言った。

「垢擦りで——」

「じゃ、胸に泡をたっぷり付けて背中を洗って」

「——ッ！」

クロノが言葉を遮って言うと、セシリーは息を呑んだ。

「何故、そんな真似をしなくてはなりませんの？」

「フェイはいつもそうやって洗ってくれるよ」

「ぐッ、分かりましたわ」

セシリーは呻き、石鹸を手に取った。石鹸を泡立て、胸にたっぷりと泡を付ける。スー、ハー、スー、ハーと呼吸音が響く。呼吸音が止み、柔らかなものが背中に触れる。

「では、前は私が……」

そう言って、マイラが正面に回り込む。クロノの目を楽しませるようにたっぷりと泡を付け、胸を押しつけてきた。思わず声を上げそうになるが、ぐっと堪える。美女二人に挟まれる。領主になってよかったとつくづく思う。

「坊ちゃま、お湯をお掛けします」

「よろしく」

「承知いたしました」

マイラは桶でそっとお湯を掛けるとクロノの背後に移動した。

「次は髪を洗わせて頂きます」

「お願いします」

「はい、お願いされました。目を閉じて下さい」

マイラがくすっと笑い、クロノは目を閉じた。頭からお湯を掛けられる。わしゃわしゃと髪を洗われ、再びお湯を掛けられる。

「終わりました」

「ありがとう」

クロノは手で顔を拭い、立ち上がった。湯船に浸かり、ほうと息を吐く。その時――。

「何をなさいますの⁉」

セシリーの声が響いた。視線を横に向けると、セシリーがマイラを睨んでいた。

「お背中をお流ししようとしただけですが？」

「だったら、そう仰って下さいな」

マイラがしれっと答える。すると、セシリーはマイラに背を向けて跪いた。迂闊としか言いようがない。案の定というべきか、マイラは背後からセシリーに抱きついた。いや、セシリーを拘束したというべきか。

「な、何を――ッ！」

「セシリー様、迂闊すぎます」

セシリーがびくっと体を震わせる。マイラの手が胸と股間に伸びていた。

「まだ体が疼いているのでは？」

「そ、そんなことありませんわ！」

「こちらは否定していませんが？」

ひぃッ、とセシリーが悲鳴を上げる。その後もマイラが指を動かすたびに悲鳴を上げていたが、やがてそこに艶っぽい響きが混じり始める。クロノは天井を見上げた。このままではまた洗ってもらうことになりかねない。後ろ髪を引かれる思いで立ち上がる。

「もう上がるのですか？」

「のぼせそうだしね。マイラものぼせないように気を付けてね」

「承知いたしました。膜は坊ちゃまに取っておきます」

話が噛み合っていないと思ったが、口にはしない。多分、セシリーをどうにかしたくて堪らないのだろう。

「じゃ、ごゆっくり」

そう言って、クロノは浴室から出た。程なく艶っぽい声が聞こえてきた。

※

「昨日に引き続き素晴らしい体験をさせて頂きました」

マイラが湯船に浸かりながら呟くと、ザバッという音が響いた。浴槽の隅で小さくなっていたセシリーが立ち上がったのだ。開き直ったからか、それとも同性だからか、惜しげもなく裸身を曝している。フェイに比べると鍛え方が足りないが、背中からお尻に掛けてのラインは見事だ。そんな後ろ姿を見ていると、もう一回くらいしてもよいのではないか。むしろ、するべきという思いが湧き上がる。同時に愛を求めてやって来たのにそんなことをしてよいのだろうかという思いも湧き上がってきた。どうすれば、とマイラは自問し、すぐに我慢はよくないという結論に達した。

「セシリー様――」

「わたくしはもう上がりますわ！」

セシリーはぴしゃりと言って湯船から上がった。荒々しい足取りで浴室を出て行く。逃げられてしまった。自分も鈍ったものだ。浴槽に寄り掛かり、天井を見上げる。脱衣所から音が聞こえる。

マイラは立ち上がり、湯船から出た。浴室から出ると、セシリーが脱衣所から出て行く所だった。遅きに失するとはまさにこのことだ。だが、時間はまだある。きっと、チャンスは巡ってくる。そんな風に自分を納得させ、タオルを手に取る。体を拭き、下着を身に着け、メイド服を着る。脱衣所から出て、お腹を押さえる。ついつい長風呂をしてしまったが、まだ朝食を摂っていなかった。

食堂に向かう。廊下を通り、階段を下り、また廊下を通る。食堂に入ると、半ば予想していたことだが、誰もいなかった。どうやらクロノ達は朝食を食べ終えたらしい。どうしたものか考えていると、扉が開いた。入り口とは別に設けられた扉だ。シェーラがトレイを持って出てくる。

「そろそろ来る頃だと思ってたよ。まあ、座りなよ」

「ありがとうございます」

マイラがテーブルに着くと、シェーラは料理を並べ始めた。パンと野菜のたっぷり入ったスープ、ソーセージの盛り合わせ、サラダだ。シェーラは料理を並べ終えると対面の席に座った。

「いただきます」

「召し上がれ」

まずパンに手を伸ばす。千切って口に運ぶ。新たに焼いたものではなく、焼き直したのだろう。サクサクとした食感が心地よい。次にスプーンを手に取り、スープを掬う。具沢山のスープだ。口に入れると、濃厚な味が広がる。単にこってりしているのではなく、複雑な味わいだ。

「どうだい？」

「美味しゅうございます。昨夜、ポワレを食べた時にも思いましたが、南辺境にいた頃より格段に腕を上げられたのではないかと」

「そりゃ何年もやってるからね。腕も上がるってもんだよ」

シェーラは愉快そうに笑った。

「そういや、どうして朝食をすっぽかしたんだい？」

「お風呂でセシリー様を味わっておりました」

「聞くんじゃなかった」

マイラが事実をありのまま答えると、シェーラはがっくりと肩を落とした。

「昨夜も坊ちゃま、セシリー様、私の三人で楽しませて頂きましたが、また今夜……」

「急に黙ってどうしたんだい？」

「どのように夜伽の順番を決めているのか疑問に思いまして」

マイラが問いかけに答えると、シェーラは視線を逸らした。当然といえば当然だが、順番の決め方を知っているようだ。

「シェーラ様、どのように順番を決めているのか教えて頂けませんか？」

「それは……。会議で決めてるんだよ」

シェーラは口籠もり、ごにょごにょと言った。いいアイディアだ。会議で夜伽の順番を決めれば複数人がクロノの部屋を訪れるという事態を避けられる。だが、疑問もある。それは――。

「希望が重なった時はどうするのですか？」

「そん時は譲った方に点数――希望が重なった時の優先権が入る仕組みになってる」

「なるほど、いい仕組みです」

「点数制を導入しないと話が纏まらなかったってだけだけどね」

シェーラは照れ臭そうに言って髪を掻き上げた。反応から察するにシェーラが点数制の導入を提案したのだろう。

「ところで、今日明日の当番は？」

「今日はレイラ嬢ちゃん、明日は姫様――いや、ケイロン伯爵だね」

「何故、言い直したのですか？」

「姫様はケイロン伯爵と決闘する時に夜伽の権利を賭けててね」

そう言って、シェーラは深い溜息を吐いた。

「それにしても南辺境から来てやることが夜伽って。他にやることはないのかい？」

「十年ぶりの里帰りで知人宅に泊まり、坊ちゃまと組んず解れつしたシェーラ様には言われたくありませんが？」

「ぐッ……」

マイラが言い返すと、シェーラは呻いた。ナイフとフォークでソーセージを切り分けて口に運ぶ。噛むとパリッと皮が破れて肉汁が溢れ出す。美味い。

「シェーラ様も素直になられた方がよろしいのでは？」

「自分の欲望に素直でどうするんだい」

「いえ、そうではなく……」

マイラは再びナイフとフォークでソーセージを切り分けて口に運ぶ。やはり、美味い。

「坊ちゃまと生きることを考えてもよろしいのではという意味です」

「勘弁しとくれよ。あたしゃまだ旦那を愛してるんだよ」

「坊ちゃまと生きることと亡くなった旦那様を愛していることは矛盾しませんが？」

「……」

シェーラは無言で脚を組み、太股を支えに頬杖を突いた。

「確かにね。あたしもそれでいいんじゃないかって思うことがあるよ」

「おや、素直なのですね」

「ま、まあ、旦那を愛してるとか言ってクロノ様と……」

「まぐわった？」

「他の言い方はないのかい？　でも、まあ、そうだよ」

そう言って、シェーラはふて腐れたようにそっぽを向いた。沈黙が舞い降り、マイラは食べることに集中する。朝食を半分ほど平らげた所で、シェーラが口を開いた。

「最近は時間の流れが早く感じるんだよ。早いってだけじゃなく充実してる。クロノ様とするのも……。こんにゃろって思うことはあるけど、悪くはないよ。クロノ様の件で姫様と張り合うのもね」

「そうですか」

マイラは静かに頷いた。

「けど、これでいいのかなって迷っちまうんだよ。それで、どうも積極的になれないって言うか、このままでもいいんじゃないかって……」

「よろしいのではないでしょうか」

「さっきと言ってることが違わないかい？」

「先程申し上げたこととシェーラ様の気持ちを尊重したいという思いに矛盾はありません。何にせよ、シェーラ様が決めたことであれば尊重いたします。それはそれとして思っていることも口にしますが」

「そーかい」

シェーラは溜息を吐くように言った。

「でも、ありがとさん」

いえ、とマイラは短く応えた。

※

「ごちそうさまでした」

「はい、お粗末さん」

　マイラが手を組んで言うと、シェーラが立ち上がった。反射的に立ち上がろうとすると、シェーラが苦笑じみた笑みを浮かべた。

「マイラはゆっくりしといておくれよ。何しろ、お客様なんだからね」

ですが、と言いかけて口を噤む。シェーラの言う通り、今のマイラはお客様だ。お客様らしく振る舞わなければならない。

「では、お言葉に甘えさせて頂きます」

「ああ、甘えとくれ」

　シェーラは愉快そうに笑い、皿を重ね始めた。不意に手を止め、こちらを見る。

「どうかしたのですか？」

「いや、あまりまじまじと見るもんだから照れ臭くなっちまって」

「失礼いたしました」

　マイラが立ち上がると、シェーラは再び皿を重ね始めた。カチャカチャという音を背中で聞きながら食堂を出て、廊下を進む。もっとも、行き先は決まっていない。これから何をしようか考えながら進んでいると、エントランスホールに出た。そこではセシリーとヴェルナが掃き掃除をしていた。マイラに気付いたのだろう。セシリーはハッとしたようにこちらを見て、箒を投げ捨てた。腰の剣に手を伸ばし――。

「ひゃんッ！」

可愛らしい悲鳴を上げた。背後からヴェルナに指で突かれたのだ。

「何をなさいますの⁉」

「それはあたしが言いてーよ。何があったか分からねーけど、お客様に剣を向けるとかありえねーだろ」

セシリーが背後に向き直って叫ぶと、ヴェルナはうんざりしたように言った。

「これは身を守るための戦い――即ち、聖戦ですわ！　身を守るという大義の前ではあらゆる手段が正当化されますッ！」

「んな訳ねーじゃん」

セシリーが叫ぶと、ヴェルナはうんざりしたように言った。

「つか、その剣はどうしたんだよ？」

「工房のドワーフに借りましたの」

「礼は言ったか？」

「もちろん、言いましたわ」

「分かった。あとで一緒に礼を言いに行こうぜ」

「分かっていらっしゃらないじゃありませんの！」

「だって、お前ってあちこちでやらかしてるしさ～。そもそも、お前みたいなヤツは剣を持つべきじゃねーよ」

「これでも、わたくしは近衛騎士だったのですけれど……」

セシリーがしょんぼりとした様子で言い、マイラは背後から肩を叩いた。セシリーは真横に跳び、こちらに向き直ると腰に手を伸ばした。だが、その手は空を掴んだ。ハッとしたように視線を落とすが、そこに剣は存在しない。マイラは溜息を吐き、セシリーが持っていた剣を肩に担いだ。

「わたくしの剣⁉　どうやって――」

「ヴェルナ様と話している間ですが？」

「できるはずありませんわ！」

「現にこうして奪われている訳ですが」

マイラは小さく息を吐き、セシリーに向かって剣を投げた。セシリーが慌てた様子で剣をキャッチして安堵の息を吐く。

「返して下さるんですの？」

「ええ、それは木剣ですし」

え⁉　とセシリーは驚いたように声を上げ、剣を鞘から抜いた。だが、そこにあったのは鋼ではなく木だ。

「あのドワーフ！」

「ドワーフもお前は剣を持っちゃいけない人間だって思ったんだよ、きっと」

「だからって、木剣なんてあんまりですわ」

セシリーは嘆くように言ったが、工房で働くドワーフの立場を考えれば当然の判断だ。

「では、私はこれで」

マイラはセシリー達に背を向けて歩き出した。ふとクロノの姿が脳裏を過る。折角、エラキス侯爵領にやって来たのだ。クロノの仕事を見学するのもありだろう。

※

マイラは扉の前で立ち止まった。侯爵邸の四階にあるクロノの執務室の扉だ。扉を叩く。しばらくして、どうぞ！　という声が響いた。

「失礼いたします」

マイラが入室すると、クロノはぎょっとしたような表情を浮かべた。

「――ッ！」

「その反応は少し傷付きます」

「ごめん。ところで、何しに来たの？」

「坊ちゃまの仕事ぶりを見学しに来ました」

マイラは足を踏み出し、クロノの傍らに――もちろん、書類の内容を目にしないように距離を取って――立つ。

「そういえばあの後――」

「ご賢察の通り、じっくりたっぷりセシリー様で楽しませて頂きました」

「ですよね」

「セシリー様が何か？」

「ちょっと前に執務室の掃除に来たんだけど、じとーっとこっちを見てて怖かった」

「坊ちゃまを見ながらよからぬ妄想をされていたのでは？」

「それはないよ」

クロノは手を左右に振りながら言った。マイラが見た限り、セシリーは辱められることに興奮を覚えているようだったが——。

「失礼いたしました」

何も言わないことにした。間違っている可能性もあるし、知らない方がクロノも楽しめるのではないかと思ったのだ。

「ただ一つセシリー様の件で残念なことがあるとすれば……」

「あるとすれば？」

「あと一回くらいお風呂で楽しみたかったです」

クロノが鸚鵡返しに呟き、マイラは正直な気持ちを口にした。あの時はまだチャンスがあると思ったが、シェーラから夜伽の順番が会議で決まると聞いた今はもっとがっつけばよかったと後悔している。

「坊ちゃま——」

「仕事中でござる」

「まだ何も申し上げておりませんが？」

「じゃあ、何を言おうとしていたの？」

「今からどうでしょう？」

「仕事中でござる」

「残念です」

クロノに断られ、マイラは小さく溜息を吐いた。

「ガツガツしすぎじゃない？」

「チャンスは確実にものにしておこうかと思いまして」

マイラはクロノから視線を逸らして髪を掻き上げた。

「それに、私も女ですので」

「前後が微妙に繋がっていないような気が……。というか、チャンスは確実にものにするって考える女性はあまり多くないんじゃ？」

「失礼ですが、坊ちゃまは女性に幻想を抱きすぎではないかと」

「そうかな？」

「ええ、男でも女でも人間であることに変わりはありません。ガツガツしている男がいるのならばガツガツしている女もいるものです」

「それはそうだろうけど、それでも僕は幻想を大事にしたいな～」

クロノはしみじみとした口調で言った。

「あと、貞淑さも欲しいです」

「それは私を自分専用にしたいという意味でしょうか？」

「何かすごいことを言いますね」

マイラが問いかけると、クロノはドン引きしたように言った。

「では、言い直します。それは私を独り占めしたいという意味でしょうか？」

「うん、まあ、そういうことなのかも」

「素晴らしい。キュンキュンきました」

思わず下腹部を押さえる。愛を求めてやって来て、独り占めしたいと言われる。女としてこれほどの幸せがあるだろうか。クロノの気持ちに応えなければと強く思う。どうすればと自問した時、閃くものがあった。

「貞操帯を付けた方がよろしいでしょうか？」

「貞操帯？」

「私の貞淑さをアピールしようかと思いまして」

「貞操帯を付けている時点で貞淑とは言わないいんじゃ……」

「一理あります」

クロノの言葉にマイラは頷いた。確かに貞操帯を付けている時点で貞淑さを疑われていると考えていいだろう。

「ですが、こうも考えられるのではないでしょうか？　私は貞操帯を通じて坊ちゃまの独占欲を感じ、坊ちゃまは貞操帯の鍵を見ながら私を拘束していることに悦びを得る！　これはもはや擬似的な行為と評しても過言ではないかとッ！」

「貞淑さを通り越してプレイになってるッ！」

　マイラが拳を握り締めて言うと、クロノが叫んだ。ガチャという音が響く。扉の開く音だ。扉の方を見ると、ティリア皇女が入ってくる所だった。

「ど、どうしたの？」

「露店巡りをしようと思ってな。それで、マイラもどうかと思ったんだ」

　そう言って、ティリア皇女はこちらに視線を向けた。

「喜んでお供させて頂きます」

「じゃ、行くか」

　はい、とマイラは歩き出した。ティリア皇女がドアノブを掴み、動きを止める。肩越しにクロノに視線を向ける。

「さっきプレイという声が聞こえたが……。破廉恥なことを考えていないだろうな？」

「考えてないよ」

　ティリア皇女が地の底から響くような声で尋ねるが、クロノはしれっと答えた。

「そうか、ならいい」

ティリア皇女はホッと息を吐き、扉を開けた。

※

ティリア皇女に先導され、マイラは露店の立ち並ぶ広場を歩く。昨日に比べると人通りがずっと多い。しかも、まだ午前中だ。最も賑わう時間帯にはどれほどの人が集まるのか期待に胸が高鳴る。それにしても——。

「親父、焼きソーセージを二本くれ」

「あいよ！」

よく食べますね、とマイラは露店で焼きソーセージを買うティリア皇女を見つめた。ドライフルーツ、果実水と来て、これで三軒目だ。こんな生活を送っていたら普通ならばすぐに太る。にもかかわらずティリア皇女はプロポーションを保っている。これが若さというものだろうかと考え、頭を振る。マイラだってまだ若い。女盛りの六十代だ。

その時、視線を感じた。顔を上げると、ティリア皇女が焼きソーセージを持って近づいてくる所だった。立ち止まり、焼きソーセージを差し出す。

「やる」

「自分で買いますので」

「いや、やる」

「……ありがとうございます」

マイラは礼を言い、焼きソーセージを受け取った。正直にいえばまだお腹が空いていないのだが、厚意を無下にする訳にもいかない。焼きソーセージに齧り付くと、パリッと皮が破れて、肉汁が溢れた。

「美味しいです」

「この店は古参らしくてな。店で出すために家畜の育て方を変えたそうだ」

ティリア皇女が歩き出し、その後を追う。途中で串をゴミ箱に捨て、串焼きを売っている露店に、串焼きを食べ終えると次の露店に、それを食べ終わると次の露店に――。

「奥様……」

「何だ？」

マイラが呼びかけると、ティリア皇女は足を止めて振り返った。

「もうお腹が一杯なのですが……」

「食が細いんだな」

「そうかも知れません」

奥様が太すぎるんですという言葉をすんでの所で呑み込む。

「次は食べ物以外にしよう」

「その前に行きたい所があるのですが……」

「何処に行きたいんだ？」

「スー様のお店に」

「よし、案内しよう」

ティリア皇女が歩き出し、マイラは慌てて後を追った。まさか、自ら案内してくれるとは思わなかった。だが、よくよく思い出してみればラマル五世も自ら出向いてクロードを始めとする傭兵団の団長に味方になって欲しいと依頼していた。二人は似ていないが、共通点を発見して嬉しくなる。不意にティリア皇女が足を止め、前方を指差した。指の先にはゴザの上に座るスーと客と思しき女性の姿がある。

「あそこだ」

「ありがとうございます」

「行かないのか？」

「接客中ですから」

そうか、とティリア皇女は素っ気なく頷いた。接客が終わり、マイラはスーのもとに向かった。店の前で立ち止まると、スーが顔を上げた。

「マイラ、用か？」

はい、とマイラは頷き、その場に跪いた。

「食べすぎてしまったので胃薬を頂ければ……」

「……」

スーは無言で頷き、ゴザの上にあった壺――その一つを引き寄せた。中から小さな紙袋を取り出す。マイラはすんすんと鼻を鳴らした。乾燥させた植物の匂いがする。胸焼けや胃もたれに効く薬草の匂いだ。彼女がクロノの看病をしていた時に気付いたことだが、やはり薬師としての腕も相当なもののようだ。

「銅貨一枚」

「ありがとうございます」

マイラは銅貨を渡し、胃薬を受け取った。

「煎じて飲めばよろしいですか？」

「……」

スーは無言で頷いた。

「ところで、どの薬が一番売れているのですか？」

「……これ」

スーは別の壺を引き寄せ、中身がよく見えるように傾けた。中には小さな紙袋がいくつもあった。手で煽いで匂いを嗅ぐ。甘い匂いがする。何処かで嗅いだ匂いだ。確か——。

「強精剤の一種ですね」

「元気、なる、薬」

スーは頷きながら言った。

「いるか？」

「それでは一つお願いします」

「銀貨一枚」

「どうぞ」

マイラは銀貨と引き替えに強精剤を受け取った。

「一摘まみ、焚く」

「承知いたしました」

マイラは胃薬と強精剤をポケットに入れ、立ち上がった。

「また、来る」

「はい、その時はお願いします」

ティリア皇女のもとに戻る。

「何を買ったんだ？」

「朝からお腹の調子が悪いので胃腸の薬を」

「そうか。最近は冷えるからな」

嘘を吐いてしまったが、ティリア皇女は納得しているようだ。

「次はどの店に行く？」

「私が決めてもよろしいのですか？」

「構わんぞ」

ティリア皇女が鷹揚に頷き、マイラは思案を巡らせた。飲食系の露店は避けたい。その時、閃くものがあった。占いの店だ。あそこなら大丈夫だ。

「占いに興味があるのですが……」

「占い？」

マイラがちょっと可愛く切り出すと、ティリア皇女は顔を顰めた。言い方も『う〜、ら〜、な〜、い〜？』だった。

「都合が悪いようでしたら――」

「いや、大丈夫だ。付いて来い」

ティリア皇女が歩き出し、その後に続く。荒々しい足取りだ。それだけで自分が選択を間違えたと分かる。ティリア皇女が露店の前で立ち止まる。簡素な天幕の下に小さなテーブルと二つのイスがある。テーブルの中央には透明な球体が置かれ、奥のイスにはローブを纏った妙齢の女性が座っている。突然、チッという音が響く。占い師が舌打ちをしたのだ。何をすればこんな険悪な関係が築けるのだろう。

「客だ」

「……どうぞ」

ティリア皇女が不機嫌そうに言うと、占い師は手の平でイスを指し示した。マイラは少しだけ緊張しながらイスに座る。

「何を占って欲しいのですか？」

「占いで分からないのか？」

ティリア皇女が問い返すと、占い師は顔を顰めた。よく分かった。商売の邪魔をしたから険悪な関係になったのだ。

「奥様……」

「何だ？」

マイラが向き直って言うと、ティリア皇女はちょっとだけ不機嫌そうに言った。

「占いとは全てを見通せるものではございません」

「そうなのか？」

「神威術には未来を見る術がございますが……」

「知っている。だが、断片的な未来を見ることしかできないと聞くぞ」

「神の力を借りても断片的な未来を見ることしかできないのです。ならば占い師が何を占うか尋ねても不思議ではありません」

「そういうものなのか？」

「そういうものです」

マイラは神妙な面持ちで頷いた。もちろん、嘘だ。占い師は会話を通じて相手から情報を引き出すのだ。占い師に向き直り、ぺこりと頭を下げる。

「では、結こ――いえ、恋愛運を。私には愛する方がいるのですが、その方と共にあることはできるでしょうか？」

「少々お待ち下さい」

そう言って、占い師は透明な球体を見つめた。

「その方はとても高貴な生まれですね？」

「……はい」

マイラはやや間を置いて頷いた。恐らく、占い師は愛する方をクロノだと察してそんなことを言ったのだろう。それだけで超常的な力が備わっていないと分かる。クロノは異世界の、それも身分制度の存在しない国出身だからだ。

「その方の周囲に多くの星が見えます」

「それで、私は共にあることができるでしょうか？」

「不可能ではありません。ですが、それには困難が伴います」

「どうすればよいのでしょうか？」

占い師が神妙な面持ちで言い、マイラも神妙な面持ちで問いかけた。ふと占い師は表情を和らげ、テーブルの下から平らな箱を取り出した。慎重に蓋を開ける。そこにあったのは無数の宝石――といっても値段が付かないようなものばかりだが――だった。

「こちらは願いを叶える力を秘めたパワーストーンになります。お客様の強い意思とパワーストーンの力があれば困難を克服できるでしょう」

「お値段は？」

「見料と合わせて銀貨一枚になります」

「では、二つください」

「銀貨二枚になります」

マイラが銀貨を二枚テーブルの上に置くと、占い師は箱を押し出した。目についたパワーストーンを手に取って立ち上がる。

「ありがとうございました」

「貴方に星の導きがあらんことを」

マイラはぺこりと頭を下げ、ティリア皇女に向き直った。

「行きましょう」

「うむ、分かった」

ティリア皇女はちょっとだけ不機嫌そうに言って歩き出した。もちろん、マイラもついていく。店から十分な距離を取り――。

「納得できないという顔ですね」

「あれはクズ宝石だぞ？　そんなものを銀貨二枚で買うなんてどうかしている」

「奥様、大事なのは気持ちです」

「そうか？」

ティリア皇女はまだ納得していないようだ。マイラは苦笑し、パワーストーンの一つを差し出した。

「クズ宝石をもらってもな」

「いいえ、奥様。クズ宝石ではございません。奥様の願いが成就して欲しいという私の思いが込められています」

ティリア皇女はきょとんとした顔をした。

「このパワーストーンには宝石としての価値はないかも知れませんが、思いを形にすることが大事なのです」

「そういうものなのか？」

「そういうものです」

「では、ありがたくもらっておこう」

ティリア皇女はパワーストーンを手に取ると太陽に翳した。口元は綻んでいて、何処となく嬉しそうに見える。

「占いもそうです。自分の思いを形にし、それを後押ししてもらうためにするのです」

「自分のことなのにか？」

「人間は自分の気持ちに気付かないものです。奥様にもそういう経験があるのでは？」

「ぐぬッ……」

マイラが問いかけると、ティリア皇女は呻いた。恐らく、クロノ絡みでそういう経験があったのだろう。

「どうして、分かるんだ？」

「ただの想像です」

そうか、とティリア皇女はしょんぼりと呟いた。

「ですが、上に立つ者は占い師に頼るべきではないとも考えております。どんなに苦しくとも決断を他人に委ねてはいけません」

「父上も……。父上もそうしていたのだろうか？」

「はい……」

マイラは静かに頷いた。クロードも決断を他人に委ねるようなことはしなかったが、ラマル五世が背負っていたのは国だ。その苦悩はクロードの比ではなかっただろう。ティリア皇女が拳を握り締める。

「決めたぞ！　ケイロン伯爵に決闘を挑むッ！」

「何故、そのような決断を？」

「マイラの手首を掴んだ時から考えてはいたんだ。だが、もしまた負けたらと思うと決断ができなかった。しかし、マイラの思いを受け取った今は違う」

「……」

マイラは押し黙った。どうやら知らず知らずの内に後押しをしてしまったらしい。ティリア皇女は顔を上げ、口を開いた。

「今日こそ勝つ！」

※

「ぬわーーっっ‼」

「奥様ッ！」

ティリア皇女が光の奔流に呑み込まれ、マイラは思わず叫んだ。叫ばずにはいられなかった。リオが放ったのは神器——神の力を宿した弓による攻撃だ。その威力は並の魔術や神威術の比ではない。それが分かっているのだろう。練兵場にいる兵士達は騒然としている。ティリア皇女が弾き飛ばされ、光の奔流が途切れる。

ティリア皇女は地面に叩き付けられ、さらに二転三転し、驚くべきことに体勢を立て直した。もっとも、勢いを殺すことはできずズザーッと地面を滑っているが。地面を滑るスピードが徐々に落ち、やがて完全に止まる。信じられないタフネスだ。だが、そこが限界だったのだろう。膝を屈する。

「ぐぬぬッ、またしても！」

「……」

ティリア皇女が口惜しそうに歯軋りをするが、リオは無言だ。無言で自身が持つ神器とティリア皇女を見比べている。

「もうボクの負けでいいよ」

「勝ちを譲られて、私が喜ぶと思っているのか⁉」

「これ以上は命の遣り取りになるから負けを認めるって言ってるのさ」

ティリア皇女が声を荒らげるが、リオは飄々とした態度を崩さなかった。

「ところで、さっきはどうやって攻撃を防いだんだい？」

「神威術・聖盾を三枚同時展開して神衣で防御力を底上げしたんだ」

リオの問いかけにティリア皇女は拗ねたような口調で答えた。

「弾き飛ばされたのは？」

「攻撃を逸らそうと聖盾の角度を変えたんだ」

「ああ、それで」

「それでどうする？　私はまだまだやれるぞ！」

リオが合点がいったように声を上げると、ティリア皇女は震える脚で立ち上がった。まだ戦うつもりらしい。

「だから、ボクの負けでいいって言ったじゃないか」

「ふざけるな！」

「だから、ふざけてないよ」

ティリア皇女が声を荒らげ、リオはうんざりしたように言った。

「勝ったことにしておけば夜伽の順番を失わずに済むんだよ？」

「これはプライドの問題だ。お前を倒さなければ私は前に進めないんだ」

「頭を踏ん付けなければよかったよ」

「では、私が挑戦します」

リオが後悔を滲ませた口調で言い、マイラは名乗りを上げた。

「ボクには戦う理由がないよ？　大体、ボクに何のメリットがあるんだい？」

「一年前に背後を取られ、敗北を認めさせられて傷付いたプライドを癒やせます」

「そんな挑発にボクが乗るとでも？」

「はい、リオ様は自分で思っているよりも熱いお方なので」

マイラが頷くと、リオは押し黙った。

「分かった。そこまで言われちゃ退けないね」

「助かります。貴方はとても素敵な女性です」

ふふ、とリオは笑い、神器から手を放した。神器が緑の光となって散り、リオは落ちていた木剣を拾い上げた。

「奥様は少し休んで下さい」

「無理はするなよ？」

「もちろんです」

ティリア皇女はふらふらと決闘を観戦する兵士達のもとに向かった。マイラはリオを見つめる。距離は五メートルほど。神威術の使い手でなくても一流どころの剣士であれば一瞬で間合いを詰められる。

「武器はいらないのかい？」

「ああ、すっかり忘れておりました」

マイラは地面を見下ろし、あるものを発見する。ティリア皇女が使っていた木剣だ。根元から折れ、柄だけになっている。

「このままでも大丈夫でしょう。開始の合図は？」

「いつでも――ッ！」

リオは何事かを言いかけ、木剣を目線の位置に持ち上げた。ビシッという音が響く。指で弾いたクズ宝石が木剣に当たった音だ。指弾――指で小石などを弾く技だ。達人であれば木の板を貫通できるらしいが、マイラのそれはかなり痛い程度の威力しかない。それでも、目に当たれば一時的に視力を奪えるし、目に当たらなくてもわずかながら敵の動きを封じられる。リオが距離を詰めてくる。跳び退って距離を取ろうとするが、そうはさせじと肉薄してくる。マイラがポケットから新たなクズ宝石を取り出すと――。

「させないよ」

リオはクズ宝石を掴む手を攻撃してきた。加減してくれたのだろう。衝撃の割に痛みは少なかった。クズ宝石が手から離れ、マイラは顔を背けた。次の瞬間、クズ宝石――護身用に所持していたマジックアイテムが閃光を放った。視界が白く塗り潰されるほどの強烈な光だ。閃光を直視してしまったのだろう。観戦していた兵士達が悲鳴を上げる。

悲鳴こそ上げていないが、閃光を直視してしまったのはリオも同じだ。その証拠に目を閉じて棒立ちになっている。マイラはリオの背後に回り込み、地面に落ちていた木剣の柄を拾った。あとは距離を詰め、木剣の柄で体に触れるだけだ。マイラは足を踏み出し、嫌な予感を覚えた。そこで攻撃方法を変更する。無防備な背中を曝すリオに木剣の柄を投げる。カンッという音が響く。リオが振り向き様に木剣の柄を弾いたのだ。

「見えているのですか？」

「いや、見えていないさ」

マイラの問いかけにリオは木剣を構えながら答えた。

「では、何故？」

「皇女殿下が色々やっているようにボクもボクで色々やってるのさ。たとえば神威術で空気の流れを読めるようにしたりね」

「そうですか」

正直にいえば信じられない。だが、リオが嘘を吐いている証拠もない。マイラは小さく息を吐き、膝を屈めた。すると、リオは木剣を放し、両手を上げた。

「それはどういう意味でしょう？」

「降参という意味さ」

「理由を伺いたいのですが？」

「皇女殿下の時と一緒さ。これ以上は命の遣り取りになる。ボクはクロノに嫌われたくないんだよ。君もそうじゃないのかい？」

「ええ、その通りです」

マイラは背筋を伸ばした。

※

昼——マイラ達はリオとの決闘を終えると侯爵邸に戻った。昼食が近いということもあったが、一番の理由はティリア皇女が泥塗れになってしまったからだ。マイラはアリッサに湯浴みの準備をお願いし、ティリア皇女と共に食堂に向かった。

ティリア皇女は侯爵邸の食堂に入ると荒々しい足取りでテーブルに歩み寄り、どっかりとイスに腰を下ろした。テーブルに突っ伏し——。

「ぐぬぬッ、またしても、またしてもーッ!!」

頭を掻き毟る。その時、ガチャという音が響いた。音のした方を見ると、シェーラが扉を開けた姿勢で動きを止めていた。顔を顰めている。当然か。掃除の行き届いた食堂に泥塗れで入ったのだ。顔を顰めるなと言う方が難しい。マイラが頭を下げると、シェーラは小さく溜息を吐き、奥に引っ込んだ。

「奥様、体の調子はどうですか?」

マイラが話し掛けると、ティリア皇女はぴたっと動きを止めた。しばらくして顔を上げ、深い溜息を吐く。

「あちこち痛いが、大丈夫だ」

「……そうですか」

マイラはやや間を置いて頷いた。安堵すべき場面なのだろうが、頑丈すぎやしないだろうかと考えている自分がいる。

「今日こそ勝てると思ったんだがな～」

「心中お察しします」

ティリア皇女がぼやくように言い、マイラは伏し目がちに頷いた。

「ぐぬぬ、会議で勝ち取った夜伽の権利を失ってしまった」

「心中お察しします」

視線を感じて顔を上げる。すると、ティリア皇女が期待に満ちた目で見ていた。夜伽の権利を譲って欲しい。そんな気持ちが伝わってくる。マイラは小さく溜息を吐いた。

「よろしければ夜伽の権利をお譲りしますが？」

「いいのか⁉」

ティリア皇女がガバッと体を起こし、マイラは苦笑した。

「ええ、もちろん」

「ありがとう。恩に着る」

ティリア皇女は嬉しそうに言った。期待に満ちた目で見ていたくせにと思わないでもないが、信頼を買ったと考えれば安いものだ。

「奥様は夜伽を嫌がっているかと思いましたが、嬉しそうで何よりです」

「べ、別に嫌ってる訳じゃないぞ」

マイラがぼそっと呟くと、ティリア皇女は慌てふためいたように言った。

「確かにクロノは優しくないし、私の努力を認めてくれないし、手錠で拘束するし、駄乳とか言うし、破廉恥な格好をさせたりするが……」

「でも、愛していると?」

「……」

マイラの問いかけにティリア皇女は伏し目がちになって頷いた。恥ずかしいのだろう。耳まで真っ赤になっている。それはマイラも同じだ。奇声を上げて身悶えしたくなる。

「お、奥様は坊ちゃまの何処が好きなのでしょう?」

「何処と言われると困るな」

マイラがくすぐったさを堪えて尋ねると、ティリア皇女は顔を上げて腕を組んだ。難しそうに眉根を寄せている。

「クロノはあまりいい所がないからな。弱いし、慎重すぎる所があるし、女癖もよくないし……。そのくせ、私が皇位継承権を失ってエラキス侯爵領に来た時に手を出そうとしなかった。私は待ってたのに」

「関係を迫らなかったのは坊ちゃまが真人間である証左では？」

ティリア皇女が不満そうに言い、マイラはクロノをフォローした。

「そうか？」

「寄る辺のない相手に関係を迫るのは外道の所業です。それに紆余曲折はあったにせよ、坊ちゃまから――」

「いや、私が襲った」

「はい？」

「だから、私がクロノを襲った」

マイラが思わず聞き返すと、ティリア皇女は視線を逸らして言った。

「それは……」

「仕方がないじゃないか。いくら待ってもクロノは来てくれないし、他の女といちゃいちゃしてるし、部屋を訪れて必死にアピールしたのに追い返そうとするし。だから、ついカッとなってやってしまった」

ティリア皇女はごにょごにょと言った。ついカッとなって――暴力を振るった時の常套句みたいな言葉だ。クロノがティリア皇女を手錠で拘束する理由が分かったような気がした。それはさておき、話を変えた方がよさそうだ。

「ところで、奥様はいつ坊ちゃまへの好意を自覚したのですか？」

「はっきりと自覚したのは父上が亡くなった直後――ケイロン伯爵に頭を踏ん付けられた時だ。だが、今にして思えばクロノがハーフエルフと関係を持ったと聞いた時かも知れない。あの時はごちゃごちゃ言ってしまったが……」

「そうですか」

ティリア皇女がしょんぼりと言い、マイラは相槌を打った。だが、心の中はハーフエルフ――レイラを賞賛する気持ちで一杯だった。まさか、ティリア皇女からクロノを寝取っていたとは思わなかった。

「クロノは察しも悪いんだ。だが、悪い所ばかりじゃないんだぞ？　優しい所もあるし、一緒にいると心が安らぐし、領主になって色々なことをしてきたんだ。たとえば――」

ティリア皇女はクロノが領主になってからやって来たこと――減税や資金を稼ぐためのオークション、工房の設立、人材集め、紙の製造、奴隷売買と娼館を許可制に変更したこと、港の建設、新型塩田の開発、組合の設立、開拓について語った。

「ざっとこんな感じだな」

「正直、奥様が羨ましく思えます」

「どうしてだ？」

「紆余曲折があったにせよ、愛する方と結ばれたのですから」

「そ、そうか」

ティリア皇女は照れ臭そうに頬を掻いた。まあ、私も愛する坊ちゃまと結ばれている訳ですが、と心の中で付け加える。その時――。

「皇女殿下、湯浴みの準備が整いました」

「分かった。すぐに行く」

アリッサの声が響き、ティリア皇女は立ち上がった。

「奥様、午後の予定は？」

「神威術を使いすぎてな。頭痛がするから午後は寝ている」

「承知いたしました」

うむ、とティリア皇女は鷹揚に頷き、食堂を出ていった。

※

夕方――マイラは料理の本を閉じ、小さく息を吐いた。ティリア皇女が寝ていたこともあって午後は自由に過ごせたが、暇すぎて逆に疲れてしまった。つくづく自分はメイドなのだと思う。さてと、と立ち上がる。そろそろ、レイラが戻ってくる時間だ。上手く交渉して夜伽の順番を譲ってもらわなければ。

客室から出て廊下を進む。すると、クロノの姿が見えた。まだこちらに気付いていないようだ。ふと悪戯心が湧き上がる。気配を殺してクロノの後を追う。階段を下り、エントランスホールに出る。そして、玄関の扉を開けて外へ。何処に行くのか期待していたのに外に出るだけとは残念だ。

「坊ちゃま……」

「――ッ！」

声を掛けると、クロノはハッと振り返った。マイラの姿を見て、胸を撫で下ろす。

「なんだ、マイラか」

「どうかされたのですか？」

「ミノさんからジョニーを帰すって連絡があってさ」

「まさか、ジョニーを出迎えるつもりですか？」

「足腰が立たなくなったジョニーを運んでくる部下を労おうかと思って」

「まったく、あの子は……」

マイラは深々と溜息を吐いた。大きな口を叩いたのだからせめて自分の足で戻ってくればいいものを。これでは恥の上塗りだ。クロノが正面に向き直り、マイラは門を見た。しばらくしてタイガとスノウがやって来た。ちなみにジョニーはタイガに背負われている。

タイガがクロノの前で立ち止まり、ジョニーを地面に下ろした。一方的にボコボコにされたのだろう。体のあちこちに痣や傷がある。ジョニーは俯いたまま動こうとしない。

「タイガ、スノウ、お疲れ様」

「拙者達のせいでござるから」

「本気でって言うから」

クロノが労いの言葉を掛けると、タイガは申し訳なさそうに、スノウは拗ねたように唇を尖らせて言った。兄貴、とジョニーがぽつりと呟く。クロノがゆっくりと歩み寄り、ジョニーは顔を上げた。涙と鼻水で顔がぐしゃぐしゃになっている。

「お、俺、四ヶ月も努力したのに……」

「ジョニー……」

クロノはジョニーを見つめ——。

「たった四ヶ月で強くなれるんなら苦労しないんだよ！」

大声で叫んだ。

「兄貴？」

「兄貴じゃない！」

　クロノはぴしゃりと言った。

「お、俺は兄貴みたいに強くなりたくて……」

「僕みたいに？　僕がここまで強くなるのにどれだけ努力したと思ってるのさ⁉　マイラのもとで一年、軍学校で二年――今も努力は欠かしてない！　それだけじゃない！　マイラの訓練でゲロを吐いたし、初めて木剣を持った時は骨を折られかけたし、軍学校では落ちこぼれて、演習では逆落としを仕掛けられて、挙げ句の果てに初陣で右目を失明だよ！　失明ッ！」

　クロノは捲し立てるように言って、右目を指差した。

「泣きたくなる気持ちは分かるよ。でも、自分で決めたことでしょ？」

「自分で決めた？」

「違うの？」

「違わないッス！」

　クロノが問い返すと、ジョニーは頭を振った。

「だったら泣く前に自分にできることをやるべきだよ」

「そうッスね。自分で決めたことッスもんね。俺、やるッス」

ジョニーは涙を拭って立ち上がり、タイガとスノウに向き直った。

「もう一度戦って欲しいッス」

「一回なら付き合ってもいいでござる」

「泣かないって約束してくれるなら」

「約束するッス！」

そう言って、ジョニーは踵を返して走り出した。タイガとスノウが後を追う。

「坊ちゃま、見事な激励でした」

「激励したつもりはないんだけどね。諦めるならそれまでだと思ってたし」

クロノは深々と溜息を吐き、頭を掻いた。

※

レイラの率いる騎兵隊が戻ってきたのは夜の帳が下り始めた頃だった。騎兵隊員が厩舎に向かい、マイラは庭園に残ったレイラに歩み寄った。

「久しぶりです、我が弟子」

「――ッ！」

レイラはハッと振り返り、マイラを見て表情を和らげた。

「お久しぶりです、教官殿。何かご用ですか？」

「いえ、大した用ではありません」

「そうですか」

「夜伽の順番を譲って頂こうかと」

「――ッ！」

レイラはぎょっと目を剥いた。

「何故、教官殿がそのことを……」

「秘密です」

マイラは人差し指を立てて言った。シェーラから聞いたのだが、口にはしない。世の中には言わなくてもいいことがあるのだ。

「それは……」

「まさか、断るつもりですか？」

「いえ、そんなことは……」

「もちろん、ただでとは申しません。貴方にあるものを差し上げます」

「あるものとは？」

「これを……」

マイラはポケットから紙袋を取り出した。

「それは？」

「強精剤――つまり、男性が元気になる薬です。一摘まみ焚けば元気ビンビンです」

「そんなものが⁉」

レイラは驚いたように目を見開き、マイラは内心胸を撫で下ろした。強精剤はスーが露店で売っている商品――つまり、ハシェルにいる人間ならば知っていてもおかしくない情報だからだ。

「どうしますか？」

「………はい、お譲りします」

長い長い沈黙の後でレイラは頷いた。

※

夜――マイラはクロノの部屋の前で立ち止まった。扉の隙間から光が漏れ、羽根ペンの音が聞こえる。そして、気配は一つだけ。扉を叩くと、どうぞという声が響いた。扉を開けて中に入ると、クロノがイスに座ってこちらを見ていた。

「坊ちゃま、貴方のマイラが夜伽に参りました」

「お疲れ様です」

「その態度は傷付きます」

クロノが溜息を吐くように言い、マイラは突っ込んだ。

「ごめん。でも、二日連続だし」

「確かに二日連続ですが、今夜はネグリジェではなくメイド服を着用しております。それに、愛情的な意味合いでの夜伽なので全くの別物です」

「そうかな？」

どうやらクロノはあまり乗り気でないようだ。だが、マイラはクロノの若さを知っている。ちょっと後押しすれば容易く前言を翻すだろうことも。マイラはくすっと笑い、スカートを摘まんだ。ゆっくりと持ち上げ、口でスカートを咥える。ショーツの紐を引くと、ゴクリという音が聞こえた。クロノが生唾を呑み込む音だ。ショーツが床に落ち、マイラはスカートを放した。ベッドに歩み寄り、腰を下ろす。

「今夜は恋人のように扱って頂きたく」

マイラはよく見えるようにベッドに片足を乗せる。

「それって恋人同士でやることかな？」

「と言いながらイスから立ち上がっていますが？」

「逃げられないなら楽しむべきかなって」

クロノは言い訳がましく言って、こちらに近づいてきた。ベッドに乗せていた足を下ろす。すると、クロノはマイラの隣に座った。座っただけで何もしようとしない。

「何もされないのですか？」

「恋人のようにって言われたから」

「では、この次は何を？」

「まずはキスからだね」

クロノは距離を詰め、唇を近づけてきた。自分から動きたい所だが、ぐっと堪える。唇が重なる。触れるだけのキスだ。クロノの手が胸に伸びる。遠慮がちな愛撫だが、焦らされているようでぞくぞくしたものが込み上げてくる。

「マイラ、横になって」

「はい、坊ちゃま」

クロノが囁き、マイラはそっとベッドに横たわった。クロノが覆い被さり、先程よりも大胆にキスと愛撫をしてくる。主導権を握らせて、もとい、クロノに身を委ねているせい

だろうか。この扱い方は誰をベースにしているのかなどと考える余裕がある。不意にクロノが動きを止める。

「どうかされましたか？」

「今、何を考えているのかなって……」

「私が坊ちゃまに女を教えていれば皆様を口惜しがらせることができたのではないかと考えておりました」

「全然恋人っぽくないお言葉が！」

「失礼いたしました」

ふふふ、とマイラが笑うと、クロノは苦笑じみた笑みを浮かべて愛撫を再開した。

※

帝国暦四三一年十二月下旬朝――クロノが気を遣ってくれたのだろう。いつもならば槌を打つ音が響いている時間にもかかわらず侯爵邸の庭園は静まり返っていた。マイラは幌馬車を背に立ち、クロノを見つめた。クロノの背後にはティリア皇女、レイラ、シェーラ、スー、リオ、アリッサの六人が控えている。ちなみにフェイ、アリデッド、デネブ、エリル、セシリーの五人は仕事があるらしくここにはいない。
マイラはエリルを除く四人が逃げたと確信しているが、指摘はしなかった。世の中には口にしない方がいいこともあるものだ。この二週間はなかなか楽しかった。クロノと恋人のようにまぐわれたし、膝枕をしてあげるというのもなかなか楽しい経験だった。

クロノが一歩前に出る。

「ゆっくりできた？」

「お陰様で楽しい休暇でした。この記憶があれば坊ちゃまと再会するまで頑張れます」

「それはよかった」

「最後に抱擁をお願いしたいのですが？」

「うん、分かった」

クロノが両腕を広げ、マイラは胸に飛び込んだ。クロノの体温や匂いを感じながら夜伽の記憶を反芻する。キュンキュンする。

「マイラさん、呼吸が荒くて怖いです」

「失礼いたしました」

クロノがおずおずと言い、マイラは距離を取った。

「父さんと仲よくね？」

「坊ちゃまも奥様達と仲よくなさって下さいね？」

「頑張る」

では、とマイラはクロノに背を向けた。幌馬車に歩み寄り、御者席に座る。

「出発していいッスか？」

「ええ、お願いします」

ジョニーに問いかけられ、マイラは頷いた。幌馬車が動き出し、マイラはクロノに視線を向けた。あの軟弱な子どもが本当に逞しくなった。

「……家族ですか」

「何か言ったッスか？」

「いいえ、何も……」

マイラは首を横に振り、小さく微笑んだ。

# 終章『兆し』

帝国暦四三一年十二月下旬夜――ファーナが執務室に入ると、アルコル宰相は書簡を読んでいた。壁際に立ち、書簡を読み終えるのを待つ。しばらくしてアルコル宰相は書簡を筒状に丸め、こちらに視線を向けた。

「何の用だ？」

「ケイロン伯爵がいなくて寂しいわって愚痴りに来たのよ」

「霊廟の件を聞きに来たと思ったのだがな」

「しつこく聞いてくる人はいるけど、使いっ走りをするほど暇じゃないわ」

「愚痴りに来ておいて、よく言う」

くくくッ、とアルコル宰相は愉快そうに喉を鳴らした。

「それで、ケイロン伯爵はいつ戻ってくるのかしら？」

「しばらくは戻ってこんよ。何でも第十三近衛騎士団に武術の指導をしているらしい」

「事後承諾になるけど、それでいいの？」

「そう、よかったわ」

「処罰をせんように嘆願に来た、と正直に言えばよかろうに」

ファーナが胸を撫で下ろすと、アルコル宰相は呆れているかのように言った。

「迷惑になるかも知れないから探りを入れたのよ」

「分かっておる」

「でも、本当に処罰するつもりはないの？」

「神聖アルゴ王国に不穏な動きがあるのでな。戦力の底上げは必要だ」

「エラキス侯爵は災難ね」

「まだ戦争になると決まった訳ではない。あくまで備えだ」

本当かしら？　とファーナは内心首を傾げた。だが、自分には戦争を止める力はおろか真偽を確かめる術さえない。できることといえば戦争にならないように祈るくらいだ。

# あとがき

このたびは「クロの戦記11　異世界転移した僕が最強なのはベッドの上だけのようです」をご購入頂き、誠にありがとうございます。さて、今回はメイド尽くしな内容となっております。ティリアがメイド教育を施したり、セシリーがご奉仕メイドにされたり、マイラがはっちゃけたりする姿を楽しんで頂けると嬉しいです。

続きまして謝辞になります。担当S様、いつもお世話になっております。むつみまさと先生、いつも素敵なイラストをありがとうございます。今年もお二人と楽しんで頂けるお話を創っていければと思います。

最後に宣伝を。書き下ろし特典SS付きレイラさん抱き枕カバー大好評発売中です。ご興味を持って頂けましたらホビージャパン様のオンラインショップにアクセスお願いします。そして、少年エースPlus様にて漫画「クロの戦記Ⅱ」大好評連載中です。見所は迫力のバトル&エチエチな肌色シー、げふげふ、可愛い女性陣です。小説共々、ユリシロ先生の描く漫画「クロの戦記Ⅱ」をよろしくお願いいたします。

「本日よりケインをカド伯爵領の代官に任命します」
「どうして、俺なんだ？」
2023年夏、発売予定!!

# クロの戦記12

## 異世界転移した僕が最強なのはベッドの上だけのようです

# クロの戦記11

## 異世界転移した僕が最強なのはベッドの上だけのようです

2023年3月1日　初版発行

著者――サイトウアユム

発行者―松下大介
発行所―株式会社ホビージャパン

〒151-0053
東京都渋谷区代々木2-15-8
電話　03(5304)7604（編集）
　　　03(5304)9112（営業）

印刷所――大日本印刷株式会社

装丁――木村デザイン・ラボ／株式会社エストール

乱丁・落丁（本のページの順序の間違いや抜け落ち）は購入された店舗名を明記して
当社出版営業課までお送りください。送料は当社負担でお取り替えいたします。
但し、古書店で購入したものについてはお取り替えできません。

禁無断転載・複製

定価はカバーに明記してあります。

©Ayumu Saito

Printed in Japan

ISBN978-4-7986-3093-9　C0193

**ファンレター、作品のご感想お待ちしております**

〒151−0053　東京都渋谷区代々木2−15−8
(株)ホビージャパン HJ文庫編集部 気付
**サイトウアユム 先生／むつみまさと 先生**

**アンケートはWeb上にて受け付けております**

**https://questant.jp/q/hjbunko**

- 一部対応していない端末があります。
- サイトへのアクセスにかかる通信費はご負担ください。
- 中学生以下の方は、保護者の了承を得てからご回答ください。
- ご回答頂けた方の中から抽選で毎月10名様に、HJ文庫オリジナルグッズをお贈りいたします。